Geschichten für den Nahverkehr

Band 2: Pläne, Wahn und Träumerei

AF175556

Christiane Wachsmann, Heidrun Heil,
Helmut Gotschy, Beate Quester-Brüning

Geschichten für den Nahverkehr

Band 2: Pläne, Wahn und Träumerei

Bibliografische Information der Deutschen Nationalbibliothek:
Die Deutsche Nationalbibliothek verzeichnet diese Publikation
in der Deutschen Nationalbibliografie; detaillierte bibliografische Daten sind im Internet über http://dnb.dnb.de abrufbar.

© 2021 bei den Autorinnen und dem Autor

Foto und Umschlagentwurf: Helmut Gotschy

Lektorat und Redaktion: Christiane Wachsmann,
Heidrun Heil, Helmut Gotschy, Beate Quester-Brüning

Herstellung und Verlag: BoD – Books on Demand,
Norderstedt

ISBN 978-3-7543-4736-2

Inhalt

Vorbemerkung

Dieses Buch ist das Produkt unserer vierköpfigen Schreibgruppe. Uns alle verbindet die Lust am Verfassen von Texten. Wir treffen uns seit Jahren, meistens in Helmut Gotschys gemütlicher Küche in Wain bei schmackhaftem Wein, lesen uns gegenseitig die entstandenen Werke vor und diskutieren leidenschaftlich, wie man diese Geschichten noch besser machen könnte. Unsere Gruppe ist wie ein geschützter Raum, aus dem Kritik jeglicher Art an welcher Textsorte auch immer nicht nach außen dringt. Das schafft Vertrauen und schweißt zusammen.

Im Corona-Jahr 2020 hatte Beate die Idee zu diesem gemeinsamen Buch. Ein erster Band mit „Geschichten für den Nahverkehr" von ihr existiert bereits. Für das Lektorat dieses zweiten Bandes haben wir uns 2020 leider nur online treffen können. Die anfänglichen technischen Schwierigkeiten sind überstanden, doch wir vermissen unsere analogen Treffen sehr und hoffen auf bessere Zeiten.

Corona hat den Nahverkehr – sowohl zwischenmenschlich als auch in Bus und Bahn – erschwert. Mit Abstand und mit Maske im Gesicht sind wir doch noch Menschen, die Anteil aneinander nehmen und über Menschliches sinnieren.

So wünschen wir euch, liebe Leserinnen und Leser, viel Freude und Kurzweil beim Lesen zwischen Hamburg und Harburg, Kreuzberg und Wedding, München und Stuttgart, Ulm und Neu-Ulm oder wo immer der Weg hinführt!

Der Plan

Beate Quester-Brüning

Nachdem Frank erfahren hatte, dass er bald sterben würde, verließ er das Krankenhaus und trat hinaus in die Frühlingssonne. Geblendet schloss er die Augen. Der Arzt hatte ihm mit ernster Miene mitgeteilt, dass es keine Aussicht auf Heilung gab. Erst auf die drängende Frage „Wie lange noch?" hatte er angedeutet, dass Frank seinen nächsten Geburtstag in drei Monaten durchaus noch erleben und halbwegs normal begehen könnte. Was danach käme – man müsste abwarten. Der Arzt hatte ihm nahegelegt, sich in den letzten Wochen seines Lebens lang gehegte Wünsche zu erfüllen und bisher Verschobenes nachzuholen. Frank hatte sich beherrschen müssen, ihn wegen dieser floskelhaften Ratschläge nicht anzubrüllen und hatte ohne Abschiedsgruß fluchtartig das Behandlungszimmer verlassen und die Tür hinter sich zugeknallt. Voller Verzweiflung und Wut über die Ungerechtigkeit des Lebens, die ihm, ausgerechnet ihm, keine Chance ließ, war er die Notausgangstreppe hinuntergestürzt, wo er zum Glück niemandem begegnet war, der ihn in diesem aufgelösten Zustand sah.

Hier, vor dem Krankenhaus, blind im Sonnenlicht und umhüllt vom Rauschen des vorbeifließenden Verkehrs, begann die Zahl ‚drei' in seinem Kopf herumzuschwirren wie eine lästige Fliege. Drei Monate. Zweiundneunzig Tage. Zweitausendzweihundertacht Stunden. Frank starrte auf seine Uhr und verfolgte den Sekundenzeiger, der sich unerbittlich drehte.

Er versuchte, sich zu erinnern, wie er die letzten drei Monate verbracht hatte. Um sechs Uhr aufstehen. Frühstücken. Duschen. Toilettengang. Ins Büro fahren. Bis spätabends arbeiten. Wieder heimfahren. Fernsehen. Ins Bett gehen. Er hatte Kunden- und Arzttermine, vier Geschäftsessen und einen Kinobesuch absolviert. Jeden Freitagabend, also insgesamt zwölf Mal, hatte er mit Silke geschlafen. Drei Monate, einfach so verflossen.

Frank sehnte sich nach Ruhe. Er fand sie im Krankenhauspark auf einer Bank am See. Gedankenverloren starrte er auf einen gelb leuchtenden Forsythienstrauch. Bald würden die Blüten abfallen und die Blätter hervorsprießen. Es überkam ihn eine tiefe Traurigkeit. All das Grün, das an den Büschen und Bäumen hervorbrach, würde er nicht mehr welken sehen, nicht mehr das Laub rascheln hören im Herbst – Halt! Sollte er sein restliches Leben mit solch trüben Gedanken verbringen? Nein. Vielleicht war der Ratschlag des Arztes gar nicht so schlecht gewesen. Jede verbleibende Stunde, Minute und Sekunde galt es zu nutzen. Er musste planen.

Zuerst die Firma. Sie sollte selbstverständlich weiter bestehen. Wozu hatte er sich sonst die ganzen Jahre abgerackert? Er würde sie verkaufen. Interessenten gab es genug. Für die Verhandlungen, die Vertragsausarbeitungen und die Übergabe veranschlagte er vier Wochen, dann würde das Thema erledigt sein. Sollte er ein Testament schreiben? Als Erben kamen nur seine Eltern und Silke in Betracht. Im stummen Einverständnis hatten Silke und er sich bisher immer gegen Nachwuchs entschieden, denn auch sie stand mit beiden Füßen fest im Berufsleben.

Zugegeben, er konnte mit Kindern sowieso nichts anfangen. Schon der Gedanke, einen verschmutzten Säuglingshintern abzuwischen, verursachte ihm Übelkeit.

Andererseits – war es nicht erstrebenswert, mehr zu hinterlassen als eine Firma? Silke war noch nicht zu alt. Dass seine Gene in einem Sohn oder einer Tochter weiterleben würden, hatte einen gewissen Reiz. Wenn Silke von der Diagnose erfuhr, würde sie ihm diesen Wunsch kaum abschlagen können. Natürlich müssten sie dann in nächster Zeit häufiger miteinander schlafen, eine Vorstellung, die ihm unangenehm war. Der Geschlechtsverkehr hatte sich im Laufe ihrer Ehe zu einer eintönigen Angelegenheit entwickelt. Die erotischen Phantasien am Anfang ihrer Beziehung, die gespickt waren mit nackten, sich brutal umschlingenden Leibern, hatte er längst verdrängt.

Er musste an das letzte Geschäftsessen mit Bankdirektor Doktor Meyer denken. Was hatte der geschwärmt von seinem Thailandurlaub, von den willigen Mädchen mit Mandelaugen, die für wenig Geld zu allem bereit waren! Ja, warum nicht? Ein wohliges Ziehen in den Leisten ließ ihn für einen winzigen Augenblick seine Krankheit vergessen. Drei Wochen Thailand ohne Silke. Frank verzog seinen Mund zu einem bitteren Grinsen. Nicht einmal vor einer Ansteckung mit AIDS brauchte er sich zu fürchten, er starb ja sowieso.

Was gab es sonst abzuwickeln? Seine Eltern. Würde er sich von ihnen verabschieden müssen? Er erinnerte sich an einen Spruch aus ‚Herr der Ringe', in dem es darum ging, dass kein Vater erleben sollte, dass sein Kind vor ihm zu Grabe getragen wird.

Seine Gedanken blieben beim Kino hängen. Es gab so viele Filme, die er nicht gesehen hatte. „Da muss ich unbedingt reingehen", hatte er oft gedacht, aber meistens war etwas Wichtigeres dazwischengekommen. Er beschloss, sich Videos zu besorgen und in der verbleibenden Zeit mit Chips und Wein großes Kino auf dem Sofa zu veranstalten. Ob es wirklich stimmte, dass im Augenblick des Todes das eigene Leben wie ein Film im Zeitraffer vor dem geistigen Auge ablief? Energisch schob Frank die Vorstellung beiseite. Wo war er stehen geblieben? Ach ja, die Eltern. Er sah das abgehärmte Gesicht der Mutter vor sich und den Vater, der sich nur zu den Mahlzeiten schnaufend aus dem Fernsehsessel erhob. Wie sollte er es ihnen beibringen?

Die Tage seiner Kindheit gingen ihm durch den Kopf, die viel zu enge Wohnung und das ewig knappe Geld. Wie hatte er die Schulfreunde beneidet, die echte Levis Jeans trugen, während seine Hosen von Woolworth stammten. Sein erstes Fahrrad fiel ihm ein, auf das er lange und mühsam gespart hatte. Als er es sich endlich kaufen konnte, fuhren die Klassenkameraden schon mit Mofas herum. Frank presste die Lippen zusammen. Er schluckte den bitteren Geschmack verstaubter Demütigungen hinunter und richtete sich auf. Stolz kannst du auf dich sein, dachte er, stolz auf das, was du erreicht hast. Jetzt beneideten ihn die alten Freunde um seine Firma, sein Haus, sein Auto. Er hatte sie alle überholt – was konnte man noch vom Leben verlangen! Frank beschloss, den Besuch bei seinen Eltern zu streichen. Ein Anruf würde genügen.

Firmenverkauf, Thailand, Filme schauen und Kind zeugen. Für mehr blieb kaum Zeit.

Er atmete tief durch, stand auf, verließ den Park und machte sich auf den Weg zum Parkhaus auf der anderen Seite der Straße. Höchst zufrieden mit seiner Planung, kam ihm der Krankenhausbesuch wie ein böser Traum vor. Als er jedoch in die Jackentasche griff, um seinen Autoschlüssel hervorzuholen, knisterte dort der Arztbrief, und die Schachtel mit dem Schmerzmittel beulte seine Hosentasche aus. In diesem Moment verlor der Lastwagenfahrer Udo Buzinski, geblendet von der tief stehenden Sonne, die Kontrolle über sein Fahrzeug, und die dicken Räder des Lasters überrollten Frank, der nicht nach rechts und links geschaut hatte.

Der Koffer

Heidrun Heil

Der schmale braune Lederkoffer stand neben dem alten Kleiderschrank im Keller des Hauses, das nun unbewohnt war. Er fiel kaum auf zwischen dem wuchtigen Schrank und dem rostigen Bettgestell. Die zarte Maserung des feinen Rindsleders weckte jedoch Evas Interesse.

Den ganzen Tag hatte sie damit zugebracht, die Möbel des alten Hauses nach Dingen, die aufbewahrt und nicht im großen Container entsorgt werden sollten, zu durchsuchen. Sie hatte Schubladen geöffnet, ausgeschüttet, den Inhalt mit der flachen Hand durchkämmt und hatte muffige Bücher aus vollgestellten Regalen geräumt, die so staubig waren, dass sie laufend niesen musste. Sie hatte abgewetzte, von ihrer Mutter vor Jahrzehnten selbstgeknüpfte, schwere Teppiche vom Boden aufgehoben und darunter geblickt, damit sie ja nichts übersah. Sie wusste selbst nicht so recht, was wichtig sein sollte. War es der mit Rubinen besetzte Silberschmuck, den ihre Mutter in einer großen Schatulle aufbewahrt hatte, und der sich bis zu ihren Urgroßeltern zurückverfolgen ließ? Oder war es der alte Pelzmantel ihrer Großmutter, der, in Mottenpapier gewickelt, auf kalte Winter wartete? Eva hatte über das blauschwarze Persianerfell gestrichen, die Großmutter wie lebendig vor sich gesehen und sich wie ein Kind gefühlt. Oma Ida hatte ihre Enkelin oft mit solcher Inbrunst an ihren wogenden Busen gezogen, dass sie sie fast erdrückte. Eva war immer froh gewesen, wenn sie

sich aus dem parfümierten Dunstkreis der Oma zurück-
ziehen konnte, aber heute sehnte sie sich nach der groß-
mütterlichen Umarmung, die ihr Trost hätte spenden
können.

Aus den Anzug- und Manteltaschen ihres Vaters hatte
sie den Tag über unzählige Münzen herausgefischt, die sie
unter Tränen schmunzeln ließen. Ihr Vater war ihr schon
zu Lebzeiten wie ein Eichhörnchen erschienen, weil er
immer Vorräte angelegt hatte. Man konnte ja nie wissen,
wann wieder eine Notzeit kam. Echte Notgroschen eben.
Als Flüchtlingsjunge aus Ostpreußen hatte er das Sparen
verinnerlicht. Auch Evas Mutter war mit der Persianer-
Oma aus Ostpreußen geflohen. Eva hatte schon als Kind
gespürt, wie beherrschend diese Erfahrung für ihre Mutter gewesen war: Nichts wurde weggeworfen, immer gab
es noch eine weitere Verwendung für Gegenstände, die
eigentlich auf den Müll gehörten. Evas Mutter konnte
zerfetzte Socken mit einer solchen Gewissenhaftigkeit
stopfen, dass sie aussahen wie neu. Sie klebte zersprun-
gene Porzellanvasen so perfekt, dass sie wieder wasser-
dicht waren, und sie aß Brot, das schon schimmelte, um
ja nichts zu verschwenden. Es war immer noch ein Lebensmittel für sie – lebenserhaltend in Kriegszeiten. Eva
hatte sich oft über ihre knauserigen Eltern geärgert. Sie
hatte ihnen vorgeworfen, an sich selbst Raubbau zu
betreiben. Mutter und Vater waren zwei gestrandete
Flüchtlinge mit ähnlichen Erfahrungen und Entbehrun-
gen, eine Schicksalsgemeinschaft. Auch mit Liebkosungen knauserten sie. Nur hier und da ein flüchtiger Kuss
auf die Wange, dort eine tätschelnde Hand an der Hüfte.

Als Liebespaar, das sich auf den Mund küsste, hatte Eva ihre Eltern nie erlebt. Und auch im Austausch von Zärtlichkeiten mit ihren Kindern hatten sich die Eltern als sehr sparsam erwiesen. Manchmal zweifelte Eva daran, dass sie eine gute Ehe geführt hatten. Sie hätte ihren Eltern zu Lebzeiten mehr Fragen stellen sollen.

Eva griff nach dem Lederkoffer zwischen Schrank und Bettgestell. Der Staub wirbelte hoch und tanzte im Abendlicht, das durch das kleine Kellerfenster drang. Sie hatte keine Lust und Kraft mehr, nach oben zu den Geschwistern zu gehen, die genau wie sie das Haus tagsüber durchstöbert hatten. Sie alle brauchten wohl einen Moment der Ruhe, und so setzte sich Eva auf einen abgewetzten Ohrensessel, der in einer Ecke des Kellers vor sich hin gammelte. Der Koffer lag auf ihrem Schoß. Sie schloss die Augen, während ihre Finger die feine Maserung des Leders ertasteten. Dann zog sie langsam am rostigen Reißverschluss des Koffers und klappte schließlich seinen Deckel auf. Der Inhalt bestand aus vergilbten Briefumschlägen und Postkarten, die bündelweise verschnürt waren. Als sie ein Bündel an die Nase hielt, bemerkte Eva, dass das Papier den modrigen Kellergeruch des Hauses angenommen hatte. Was wohl darin stand? Vorsichtig zog sie einen Brief aus der Verschnürung und öffnete ihn. Die Handschrift war eindeutig die ihres Vaters, und er war an ihre Mutter adressiert. Sie begann zu lesen. Die Müdigkeit, die sie zuvor verspürt hatte, war wie weggeflogen. Eva wusste, dass sie hier etwas Wichtiges vor sich hatte. Sie las, dass ihr Vater, der als Junglehrer auf einer Nordseeinsel arbeitete, sich auf das Wiedersehen mit der Mutter freute. Sie sah auf das Datum des Briefes und rechnete nach: Die beiden waren noch nicht verheiratet gewesen und hatten sich nur an Wochenenden sehen können, weil sie an verschiedenen Schulen als Lehrer arbeiteten – er auf der Insel und sie in Flensburg als Referendarin. Aus dieser Zeit stammten die meisten Briefe und Karten im Koffer. Eva las sie nacheinander, und alle hatte ihr Vater geschrieben in seiner kleinen, sehr sauberen Handschrift, die stark nach rechts neigte wie die Bäume, die der ständige Westwind auf der Insel nach Osten wachsen ließ.

Ihr Vater verzehrte sich nach seiner Verlobten, erzählte von der Vermieterin, die aus Angst vor Strafe wegen des damals geltenden und heute kaum noch vorstellbaren Kuppeleiparagraphen nicht duldete, dass seine Verlobte bei ihm übernachtete, erzählte von den Ausflügen der Lehrerkollegen an den breiten Sandstrand mit den atemberaubenden Sonnenuntergängen und auch von den vielen Schülerarbeiten, die er spät abends, pflichtbewusst wie er war, todmüde noch korrigieren musste. Am Ende der Briefe und Karten stand immer die Freude auf ein Wiedersehen mit der Geliebten, standen die Kosenamen und Wünsche für eine angenehme neue Woche in der Ferne.

Eva stiegen vor Rührung Tränen in die Augen. Mittlerweile drang kaum noch Tageslicht durch das kleine Kellerfenster, so dass sie die alte Stehlampe ihrer Oma neben dem Ohrensessel anknipste. Die Leuchte flackerte leicht und tauchte den Kellerraum in ein unwirkliches, fahles Licht. Eva war müde und hellwach zugleich. Alle Karten und Briefe in dem Koffer stammten von ihrem Vater, aber es musste ja ihre Mutter gewesen sein, die diese Briefe aufbewahrt hatte. Hatte denn ihre Mutter keine Briefe geschrieben, die es wert waren, gesammelt zu werden? Es musste sie gegeben haben, das konnte kein einseitiger Monolog gewesen sein. Eva hatte das Gefühl, in etwas einzudringen, das eigentlich nur ihren Eltern vorbehalten war. Ihre Mutter hatte einmal gesagt, dass sie nie „Ich liebe dich" zu ihrem Mann gesagt habe. Das wussten sie doch beide längst. Warum sollte man es dann noch aussprechen? Und tatsächlich fand Eva auch hier nicht diesen einen Satz, weder auf Karten noch in Briefen. Trotzdem rührte sie die zurückhaltende und irgendwie vornehme Art, in der ihr Vater der Mutter schrieb. Gedankenverloren streichelte sie über das Leder des Koffers.

Als Eva das letzte Briefbündel öffnete und zu lesen begann, war sie schon geboren, ein acht Monate altes Baby. Die Eltern hatten geheiratet und wohnten zusammen auf der Nordseeinsel, wo der Vater eine Festanstellung als Lehrer bekommen hatte. Immer wenn er zu einer längeren Fortbildung aufs Festland musste, schickte er Briefe, in denen er sich nach dem Töchterchen erkundigte und nach ihren Fortschritten beim Essen, weil er sich sorgte, dass Eva nicht genug an Gewicht zunahm. In anderen Briefen berichtete er auf sehr unterhaltsame Weise von den Schrullen seiner Kollegen. Auch konnte er sich wie ein Kind freuen, als seine Tochter recht spät zu krabbeln begann und dann die ersten Schrittchen tat. Einmal machte er sich schwere Vorwürfe, als Eva sich mit einer auf seinem Schreibtisch liegengelassenen Rasierklinge in

den Finger geschnitten hatte. Deswegen plagte ihn mona-
telang ein schlechtes Gewissen. Und immer wieder erkundigte er sich voller Fürsorge und Sehnsucht nach dem
Wohlbefinden seiner Frau, ob sie als junge Mutter, mit
dem Kind allein auf der Insel, denn alles habe, was sie
brauche. Sobald er wieder bei ihr sei, würde er sie nach
Kräften unterstützen.

Spät in der Nacht, nachdem Eva alle Briefe zu Ende
gelesen hatte, rieb sie sich die brennenden Augen, faltete
vorsichtig die vom Alter weich gewordenen Briefbögen
zusammen, steckte sie in ihre dünnen, vergilbten Um-
schläge und legte sie mit den Postkarten zurück in den
Koffer. Bevor sie ihn zuklappte, fuhr sie mit den Fingern
zärtlich über das seidige Innenfutter, atmete tief ein und
aus und schickte dankend ein Gebet zum Himmel: Dies
hier war das Wichtige, wonach sie gesucht hatte.

Pflaumenernte

Christiane Wachsmann

Der Baum war blau. Wenn man die Augen zusammen-kniff, wirkte er wie ein Schatten vor dem strahlenden Himmel, durchscheinend und lebendig. Der Wind ra-schelte in den Blättern und ließ die Früchte schwanken. Mitunter fiel eine zu Boden, wo sie der Schwiegervater auflas, mit einem Taschentuch polierte, und in einen der Körbe legte. Ihrer Himmelsfarbe beraubt, schimmerten sie rot und dunkelblau.

Gerade jetzt stand er wieder unter dem Baum und blickte mit sorgenvoller Miene empor. Susanne warf ei-nen Blick auf den Kinderwagen. Er schaukelte leise. Aus seinem Inneren drangen glucksende Geräusche. Noch hatte Paul nicht zu schreien begonnen.

Ein paar Minuten blieben ihr. Hier zu liegen, die Au-gen zu schließen, das Gesicht der Sonne entgegenge-streckt.

„Wir müssen eine Gefriertruhe kaufen", sagte der Schwiegervater.

Susanne lag still, die Augen geschlossen.

„Paul ist auch schon wach", sagte der Schwiegervater. „Er fängt sicher gleich an zu schreien. Soll ich ihn dir bringen?"

„Lass ihn liegen", sagte Susanne, ohne die Augen zu öffnen. „Im Moment ist er doch noch ganz zufrieden."

Flüchtig überlegte sie, wo Achim stecken mochte. Eine Wespe flog vorbei.

„Mit noch mehr Einmachgläsern ist es nicht getan", sagte der Schwiegervater. „Zumal noch genug volle da sind, vom letzten Jahr."

Susanne antwortete nicht.

„Als Brigitte noch lebte", sagte er.

Seine Schritte raschelten im Gras.

„Man könnte sie im Werkzeugkeller unterbringen", sagte der Schwiegervater. „Wenn wir das alte Küchenbuffet in den Durchgang zum Waschkeller stellen."

Vor ihrem inneren Auge sah Susanne eine riesige, bis obenhin mit Pflaumen gefüllte Gefriertruhe im Werkzeugkeller und sich selbst, wie sie die Wäschekörbe am Küchenbuffet vorbei wuchtete.

„Wir brauchen doch überhaupt nicht so viele Pflaumen", sagte sie matt.

Pauls fröhliches Gegluckse schlug in Gebrüll um.

„Er hat wahrscheinlich Hunger", sagte der Schwiegervater. „Mal sehen, ob das mit dem Buffet passt."

Mit einem Seufzen stemmte Susanne sich aus dem Liegestuhl und ging hinüber zu Paul.

Achim kam gegen halb acht, machte sich im Stehen über die Reste vom Abendbrot her und murmelte etwas mit vollem Mund, das nach *Chorprobe* klang.

„Schon wieder?", fragte Susanne.

Er schüttete noch etwas lauwarmen Tee in sich hinein, klappte das Käsebrot zusammen und holte die Notenmappe vom Klavier.

„Was willst du mit diesem Zeug?", fragte er, während er auf die Einmachgläser deutete, die sich neben der Spüle stapelten: Pflaumenmus, eingelegte Pflaumen, und noch mehr Pflaumenmus.

„Es ist dein Vater", sagte sie. „Er ist wie besessen von diesen Pflaumen. Immerzu bringt er mir noch welche herauf, eimerweise! Er erwartet, dass ich was damit mache!"

„Mach doch mal einen Pflaumenkuchen."

„Pflaumenkuchen! Und wer soll den essen? Du bist ja nie da."

„Ich würde schon da sein und Pflaumenkuchen essen. Wenn du mal welchen machen würdest."

Susanne biss sich auf die Lippen. Schon der Gedanke an Pflaumenkuchen erzeugte in ihr ein Gefühl der Übelkeit.

„Aber ich nicht", sagte sie. Plötzlich war sie böse. „Pflaumenkuchen! Mir wird schlecht, wenn ich nur dran denke. Ich kann dieses Zeug nicht mehr sehen! Das ganze Haus klebt von diesem Geruch, überall nichts als Pflaumen, unten in seiner Küche sieht es aus wie auf einem Komposthaufen! Warum lässt er sie nicht einfach runterfallen?"

„Das kann er nicht. Das ist eben diese Generation."

„Der ganze Keller ist voller Konserven und Einmachgläser. Und jetzt will er auch noch eine Kühltruhe!"

Achim warf einen Blick auf die Uhr.

„Oh, ich bin spät dran. Sag es ihm doch einfach, wenn es dir zu viel wird. "

Er drückte sich an Susanne vorbei und verschwand im Dunkel des Treppenhauses. Gleich darauf klappte die Tür.

Der nächste Tag war sonnig wie die vorhergehenden. Susanne hatte die Balkontür geöffnet und blickte in die dunstige Luft und die schattenhafte Silhouette des Pflaumenbaumes.

Wenigstens fing nächste Woche der Kindergarten wieder an, dann war sie Saskia für die Vormittage los. Dieses Kind kam ihr jetzt manchmal so merkwürdig vor. So von ihr getrennt. Als wäre es gar nicht ihr eigenes.

Eine Wespe kam hereingeschwirrt und steuerte zielstrebig durch in Richtung Küche. Rasch schlug Susanne die Balkontür zu. Sie wünschte, es würde ein Gewitter geben. Oder Regen.

Sie wünschte, etwas würde geschehen.

Der Schwiegervater hatte ein Betttuch unter dem Baum ausgebreitet und damit begonnen, die Pflaumen herunterzuschütteln. Dazu war er in den Baum gestiegen, wo er sich ungeschickt an den Ästen festklammerte, leise stöhnend und vor sich hin murmelnd.

Saskia hatte er angewiesen, die herabfallenden Pflaumen aufzusammeln, aber sobald die erste Wespe aufgetaucht war, hatte sie die Flucht ergriffen. Jetzt saß sie im Sandkasten, siebte und grub und packte den Sand in Förmchen. Sie schien alles um sich herum vergessen zu haben.

Paul schlief unter dem Kirschbaum.

Susanne ging hinüber in die Küche, wo sie einen Teig angesetzt hatte. Ihre Fingerspitzen waren rau und hatten sich braun gefärbt von den vielen Pflaumen, die sie aufgeschnitten und entkernt hatte, aufgeschnitten und entkernt. Sie wusste selbst nicht, warum sie diesen Kuchen backte. Von draußen hörte sie Äste krachen und dachte, dass der Schwiegervater in seinem Alter nicht mehr dort oben herumturnen sollte, aber sie vermied es, aus dem Fenster zu schauen. Sorgsam rollte sie den Teig aus und schichtete die Pflaumen, dicht an dicht.

Sie dachte an die Pflaumenknödel, die sie gestern zum Mittagessen gemacht und von denen Saskia die Hälfte wieder ausgespuckt hatte, und an die vielen Chorproben. Früher, als sie noch mitgesungen hatte, war es auch manchmal viel gewesen, besonders kurz vor einem Konzert. Aber jetzt war Achim praktisch nur noch mit der Notenmappe unterwegs.

Eine Wespe erhob sich aus dem Eimer, den der Schwiegervater gestern heraufgebracht hatte, eine und noch eine. Es ist zu lange, dachte sie. Viel zu lange geht es jetzt schon so. All diese Chorproben, und der Himmel so blau und der Baum voller Früchte. Es ist, als würden sie nie zur Neige gehen.

„Ich fahre einkaufen. Soll ich dir was mitbringen?"

Susanne schüttelte den Kopf.

Der Schwiegervater zögerte. „Falls was für mich kommt – Sie sollen es einfach – Aber ich bin ja gleich wieder da. Bis gleich."

Das war das Schlimmste. Dass er so fürsorglich war und nett, und gleichzeitig so hilflos. Susanne musterte den Eimer neben dem Kühlschrank, in dem die Wespen sich stündlich vermehrten. Sie konnte den Eimer hier unmöglich länger stehen lassen. Die Pflaumen begannen bereits aufzuplatzen, schon zeigten sich Schimmelpünktchen auf der Haut. Ob es auffallen würde, wenn sie sie in den Kompost schmuggelte? Sie konnte ja die oberste Schicht mit der Mistgabel beiseite schieben und die Pflaumen darunter verbergen.

Susanne band die Schürze ab, griff nach dem Eimer und lief die Treppe hinunter. Allein der Gedanke an diese Lösung war schon eine Erleichterung! Die Mistgabel lehnte griffbereit an der Mauer. Susanne schob die Küchenabfälle der letzten Woche zur Seite. Eierschalen, welke Salatblätter, den Grasschnitt von gestern – und erstarrte.

Da lagen ja schon Pflaumen!

Und *wie* viele!

Susanne lachte auf, ein wenig bitter, und kippte ihren Eimer dazu.

Sie hängte gerade Wäsche auf, als Saskia zwischen den Laken auftauchte.

„Da ist jemand", sagte sie.

Susanne zuckte zusammen. Sie hatte ihre Tochter nicht kommen hören.

„Da sind so Männer. Vorne am Tor. Mit einer Kiste."

Susanne legte den Zeigefinger auf die Lippen und fasste nach Saskias Hand. Gemeinsam liefen sie hinüber zum Haus und durch den Kellereingang nach oben. Durch das Küchenfenster beobachtete Susanne, wie zwei Männer eine riesige Kiste von der Ladefläche eines Lieferwagens wuchteten.

„Die haben gesagt, ich soll dich holen", sagte Saskia.

„Sei still."

Voller Widerwillen musterte Susanne die Kiste. Als der Schwiegervater gestern von der Gefriertruhe gesprochen hatte, hatte er mit keinem Wort erwähnt, dass sie schon bestellt war.

Falls *was* für mich kommt, dachte sie erbittert.

Sie wollte dieses Ding nicht haben! Es würde das Problem nicht beheben, sondern nur ausdehnen. Sie würden Weihnachten noch Pflaumen haben, und Ostern, und wahrscheinlich auch noch am Ende des nächsten Jahres.

Es klingelte.

„Soll ich ihnen sagen, dass du nicht da bist?", fragte Saskia.

„Bleib einfach hier bei mir."

Susanne trat vom Fenster zurück und ging hinüber ins Schlafzimmer, wo sie das Bügelbrett aufstellte.

„Du kannst mir mal die Taschentücher heraussuchen und einsprühen", sagte Susanne zu Saskia.

Es klingelte wieder.

Susanne zog eines von Achims Hemden aus dem Korb und legte es auf dem Bügelbrett zurecht. Saskia sortierte gehorsam die Taschentücher aus.

Das Bügeleisen tickte, als es sich erwärmte. Susanne ging ins Bad, um Wasser für den Tank zu holen.

Es klingelte Sturm.

„Darf ich gleich auch mal was bügeln?", erkundigte sich Saskia.

Susanne dachte an Paul unter dem Kirschbaum. Sie guckte auf die Uhr. Wenn er nur jetzt nicht zu schreien begann! Sie stellte das Bügelbrett tiefer, drückte Saskia das Eisen in die Hand, und ging hinüber ins Wohnzimmer, wo sie sich vorsichtig dem Fenster näherte.

Sie sah den Wagen, der still unter dem Baum stand. Auf dem Rasen stand einer der Männer und blickte sich um. Hastig trat Susanne zurück. Hatte er sie gesehen?

Wenn er nur Paul in Ruhe ließ!

Mit klopfendem Herzen wartete sie, zwang sich, langsam bis zehn zu zählen. Als sie wieder aus dem Fenster schaute, war der Rasen leer.

Sie ging zurück ins Schlafzimmer, bewunderte Saskias schief zusammengelegte, faltig gebügelte Taschentücher und bügelte selbst voller Sorgfalt das Hemd zu Ende, bevor sie wieder in die Küche ging. Zufrieden lächelnd blickte sie auf die Straße. Der Lieferwagen war verschwunden.

„Ich habe sie nicht gehört", sagte Susanne. „Die Waschmaschine lief, und ich hatte das Radio ziemlich laut gestellt. Paul hat auch geschrien, vielleicht sind sie gerade in dem Moment gekommen, als Paul so geschrien hat."

Sie warf Saskia einen Blick zu.

Das Kind sollte sie nicht so anstarren.

„Saskia hat deine Taschentücher gebügelt", sagte sie. „Schau mal, wie schön sie das gemacht hat."

„Und wie sollen wir die Truhe jetzt in den Keller kriegen?", fragte der Schwiegervater.

„Vielleicht kann Achim mit ein paar Männern vom Chor kommen", sagte Susanne. Sie wünschte jetzt, sie wäre nicht davongelaufen. Sie hätte die Männer einfach wieder damit fortschicken sollen. Jetzt stand das Ding im

Vorgarten, und es war nur eine Frage der Zeit, bis sie es im Keller hatten.

„Was mache ich denn jetzt mit den Pflaumen, die ich heute Morgen geschüttelt habe", fragte der Schwiegervater. „Drei Eimer, in der Waschküche. Du könntest schon mal anfangen, sie auszusortieren und zu entkernen. Warte, ich bringe sie dir rauf."

Susanne stand an der Wohnungstür und lauschte. Sie hörte die Schritte des Schwiegervaters auf der Treppe und die Kellertür klappen. Aus dem Kinderzimmer drang kein Laut mehr. Auch Saskia schien jetzt zu schlafen.

Was *machte* er dort unten im Keller? Wollte er nur etwas holen oder würde er länger dort unten bleiben? Da kam er schon zurück. Sie wartete noch einen Moment, bis sie sicher sein konnte, dass er in der Wohnung verschwunden war. Dann schlich sie die Treppe hinunter, in jeder Hand einen Eimer voller Pflaumen. Wespen umschwirrten sie, während sie den Vorgarten durchquerte, an der dunklen, leise brummenden Silhouette der Gefriertruhe vorbei. Das schwarze Verlängerungskabel schlängelte sich den Gartenweg entlang und durch das nächstliegende Fenster hinab in den Keller. Aus der Küche im Erdgeschoss drang gedämpftes Licht, und hinter dem Vorhang huschte der Schatten des Schwiegervaters hin und her.

Mit schnellen Schritten ging Susanne die Straße hinauf, erreichte den Plattenweg und gleich darauf den schlecht beleuchteten Platz vor dem Hochhaus, wo die Container standen.

Als sie mit den leeren Eimern zurückkam, stand das Auto vor der Tür, und oben im Kinderzimmer hörte sie Stimmen.

„Wo warst du?", fragte Achim.

„Ich habe zwei Eimer von diesen Scheiß-Pflaumen in den Container beim Hochhaus gebracht. Dein schrecklicher Vater –"

„Saskia saß auf der Treppe und heulte. Sie hat dich gesucht!"

„Ich dachte, sie wäre eingeschlafen. Ich war nicht länger weg als zehn Minuten."

„Du hättest dich wenigstens vergewissern können", sagte Achim. „Ob sie wirklich schlief. Sie hat gehört, wie du weggegangen bist. Sie war verzweifelt!"

Susanne antwortete nicht.

Ihr war schlecht.

Er riss die Kühlschranktür auf, holte Käse heraus und die Butter, knallte sie auf den Tisch.

„Morgen früh treffen sich die Bässe", sagte Achim. „Gibt es hier eigentlich noch anderen Aufschnitt als diese angegammelten Käsescheiben?"

„Morgen früh?"

Ihre Stimme zitterte.

„Naja, um zehn eben. Es gibt da so ein paar Stellen, die noch nicht richtig sitzen. Was ist das da?"

Er deutete auf die blaue Schüssel.

„Aber das Konzert ist doch erst nächste Woche."

„Eben. Nächste Woche. Ah, Pflaumenkompott."

Er stellte die Schüssel zurück in den Kühlschrank.

Susanne kniff die Augen zusammen. Jetzt nur nicht heulen.

Sie holte Luft.

„Achim", sagte sie. „Diese Gefriertruhe – Dein Vater! Sie steht noch nicht mal im Keller, und er hat sie schon angeschlossen! Er macht mich verrückt, mit diesen Pflaumen."

„Und warum steht sie dort im Garten? Weil du die Tür nicht aufgemacht hast."

„Ich habe die Klingel nicht gehört. Ich habe gebügelt. Deine Hemden."

„Und die hast du so laut gebügelt, dass du die Klingel nicht gehört hast. Das ist doch lächerlich. Und dafür darf ich morgen mit dem halben Chor hier anrücken und diese Truhe in den Keller schaffen. Als ob ich sonst nichts zu tun hätte!"

„Ich will diese blöde Truhe hier nicht haben! Und ich will auch keine Pflaumen mehr entkernen, während mein Mann nichts als diesen verdammten Chor im Kopf hat, oder vielmehr die Chorleiterin. Du brauchst mir doch nichts vorzumachen, es ist ja nur die Amsel, wegen der du dauernd –"

„Die Amsel ist eine meiner ältesten Freundinnen, und es gibt gerade ziemliche Probleme mit ein paar von diesen Weibern aus dem Sopran."

„Und deshalb muss der Bass proben."

„Ja, nein, verdammt, es ist – Das ist wieder was anderes. Und außerdem ist einer der Bässe mit der Obersopranziege verheiratet."

„Die Amsel hat Probleme mit dem Chor, seitdem ich sie kenne!"

„Sie ist eine begnadete Musikerin."

„Dann soll sie sich einen anderen Chor suchen! Ich habe die Nase voll von deiner Amsel. Mit wem bist du eigentlich verheiratet, mit mir oder mit ihr?"

„Nicht."

Saskia stand im Türrahmen.

Sie wirkte sehr klein und zerbrechlich und gleichzeitig uralt, mit ihrem von Sorgenfalten verknitterten Gesichtchen.

Susanne dachte überrascht, wie hässlich sie aussah.

„Jetzt hast du sie aufgeweckt", sagte Achim böse. „Mit deinem Gebrüll. Komm, meine Kleine. Ich bringe dich wieder ins Bett."

Am nächsten Morgen schien wieder die Sonne. Die Vögel zwitscherten, und der Pflaumenbaum strahlte in seinem unerschöpflichen Blau.

Vor der Wohnungstür standen zwei Eimer mit Pflaumen.

Susanne machte die Tür schnell wieder zu.

„Du kannst jetzt nicht einfach gehen", sagte sie zu Achim. „Du musst dich entscheiden, was dir wichtiger ist. Der Chor oder die Pflaumen. Die Amsel oder ich."

Achim sagte, dass er ihr nach der Probe helfen würde.

Nach der Probe kam er mit zwei Bässen und einem Tenor, schleppte die Truhe in den Keller und erklärte, das sei doch nun wahrlich Hilfe genug gewesen, und sie müssten den Brahms noch einmal durchgehen.

Susanne starrte auf die Notenmappe, die er auf dem Küchentisch liegengelassen hatte, und auf ihre mit Pflaumen gefüllte Wäscheschüssel, die der Schwiegervater brachte.

„Es gibt kein anderes Gefäß mehr", sagte er. „Die guten kannst du zum Einfrieren aussortieren, aus den weichen machen wir Kompott oder Marmelade."

„Eigentlich mag ich gar kein Pflaumenkompott", sagte Susanne.

Der Schwiegervater warf ihr einen beunruhigten Blick zu.

„Es sind zu viele", sagte Susanne, mutiger geworden. „Warum lässt du sie nicht einfach hinunterfallen? Wir haben genug Vorräte. Wir brauchen das alles gar nicht. Lass doch die Pflaumen Pflaumen sein, und genieß das schöne Wetter."

Der Schwiegervater kniff die Lippen zusammen.

„Soll ich sie wieder mitnehmen?", fragte er, und deutete auf die beiden Eimer und die Waschschüssel.

Susanne zögerte. Sie nickte.

„Vergrab sie im Kompost", sagte sie. „Oder bring sie heute Abend rüber zum Hochhaus. Da sagt keiner was, wenn du den ein oder anderen Eimer in den Container wirfst."

Gegen Abend saß Susanne in der pflaumen- und wespenlosen Wohnung und fragte sich, warum sie es erst so weit hatte kommen lassen. Warum sie nicht schon viel früher den Mund aufgemacht hatte, statt gehorsam Pflaume um

Pflaume aufzuschneiden und zu entkernen. Der Schwiegervater hatte nicht mal protestiert!

Wahrscheinlich war er selbst erleichtert, dass ihm jemand Einhalt geboten hatte, in seinem Pflaumenwahn. Wahrscheinlich vermisste er seine Frau. Susanne blickte auf die Uhr.

Es beunruhigte sie nun doch, dass Achim noch nicht zurück war. Eine Wespe erhob sich von irgendwo, flog dicht an Susannes Kopf vorbei und knallte gegen die Fensterscheibe.

Jemand schrie.

Susanne sprang auf, rannte ins Kinderzimmer – Aber es war kein Kind, das schrie. Das Schreien, hoch und anhaltend, kam aus der unteren Wohnung.

Susanne rannte die Treppe hinab. Die Tür war verschlossen. Sie lief wieder nach oben, um den Schlüssel zu holen. Mit fliegenden Fingern nestelte sie an dem Schloss herum. Endlich gelang es ihr, die Tür zu öffnen.

Sie fand den Schwiegervater in der dunklen Küche, von heißem Pflaumenkompott übergossen, und Pflaumenkompott auf dem Boden, an den Wänden, an der Decke, auf dem Tisch.

Sie zerrte den Schwiegervater ins Bad und drückte ihm den Duschkopf in die Hand mit dem Befehl, das kalte Wasser über seinen Bauch laufen zu lassen. Sie rief den Krankenwagen und ging zurück in die Küche.

Das Licht war ausgefallen, also holte sie ein Verlängerungskabel und die Stehlampe aus dem Wohnzimmer und richtete ihren Strahl in den Raum.

Überall waren Pflaumen. Kisten voller Pflaumen, Schüsseln voller Pflaumen, Eimer voller Pflaumen. Und sie alle waren mit einer Schicht von Kompott überzogen. Pflaumenkompott klebte an den Wänden und bedeckte den Fußboden, hing in den Vorhängen und auf der Lampe, auf den Stühlen und unter dem Tisch, tropfte von Fensterbrett und Wasserhahn und rann langsam die Kühlschranktür herab. Und über allem schwebten die Wespen, rasten durch die Luft und stürzten sich in die süße Masse, um dort endgültig zugrunde zu gehen.

Auf dem Herd stand der Schnellkochtopf, ein uraltes Modell, dessen Deckel mit drei Schnallen befestigt war. Eine davon hatte sich gelöst, und der heiße Brei war durch die Küche gespritzt, das meiste vor den Bauch des Schwiegervaters. Sein Schreien gellte Susanne noch in den Ohren, als er längst damit aufgehört hatte und endlich die Männer von der Ambulanz klingelten.

Auf der Bahre lag er ganz still, nur seine Zähne klapperten, und in den Augen schimmerten Tränen.

„Brigitte", flüsterte er.

Er griff nach Susannes Hand, klammerte sich daran wie an ein nutzloses Stück Holz, zog sie mit sich bis zur Tür.

Sie folgte ihm hinaus. Das Blaulicht warf sein gespenstisches Licht in die Gärten und über die Häuserfassaden. Die Tragbahre wurde in den Wagen geschoben, die Türen knallten.

Susanne drehte sich um und ging zurück ins Haus. Die Kinder schliefen. Achim war nicht zu erreichen.

Sie legte sich ebenfalls schlafen.

Am nächsten Morgen erwachte sie neben einem leeren Bett.

Und wieder war der Himmel blau. Einmal noch versuchte Susanne, Achim zu erreichen, dann gab sie es auf. Mittags verstaute sie Paul im Kinderwagen. Sie holten Saskia vom Kindergarten und gingen in die Stadt.

„Da ist jemand", sagte Saskia, als sie den Marktplatz überquerten. Susanne wandte den Kopf. An einem der kleinen Café-Tische saß die Amsel und winkte ihr zu.

„Was für ein Konzert?", fragte sie. „Der Chor hat sich aufgelöst, wusstest du das nicht? Im Juni schon. Seitdem habe ich Achim nicht mehr gesehen."

Susanne starrte auf die Tischplatte. Den Aschenbecher, den Ständer mit der Speisekarte, den eingetrockneten Milchschaum am Rand einer Kaffeetasse.

„Ich will Kakao", sagte Saskia.

Pauls Hand schnellte vor und umklammerte einen dreckigen Löffel. Als Susanne versuchte, ihn ihm zu entwinden, stieß er einen wütenden Schrei aus und warf sich nach hinten, gegen die Lehne des Kinderwagens.

„Mit Sahne", sagte Saskia.

„Wie heißt das?", fragte Susanne. „Gib mir den Löffel. Er ist dreckig."

„Bitte", sagte Saskia angewidert.

Paul strampelte und schrie und warf sich erneut nach hinten. Plötzlich stand der Kellner an ihrem Tisch.

„Wisst ihr schon, was ihr haben wollt?", fragte er.

„Nichts", sagte Susanne.

Sie fuhr nach Hause, brachte Paul ins Bett und setzte Saskia vor den Fernseher. Dann stand sie in der Küche und starrte auf die Gläser voller Pflaumenkompott, die sich neben der Spüle stapelten.

Sie dachte an die Amsel und den Chor, und dass Achim sie belogen hatte. All die Wochen hatte er sie belogen, belogen und betrogen, den ganzen langen Sommer lang. Sie machte einen Schritt auf die Spüle zu.

Sie griff nach einem der Gläser, holte Schwung und warf es gegen die Wand.

Es krachte.

Scherben und einzelne Kompottstücke fielen hinunter. Der Saft rann herab, saugte sich in den Putz und tropfte auf den Boden. Das nächste Glas warf sie höher hinauf. Es traf die Wand knapp unterhalb der Decke. Der Inhalt spritzte in alle Richtungen.

Susanne wischte sich einen Tropfen Pflaumensaft von der Wange und leckte ihn auf, schmeckte seine dunkle Süße – Sie griff nach dem nächsten Glas. Es landete auf dem Bild neben dem Fenster, ließ die Scheibe davor in tausend Stücke zersplittern und färbte das dahinterliegende Blatt dunkelrot.

Sie öffnete einen der Schränke und holte ein weiteres Mal aus. Porzellan zerbrach. Scheppernd fiel die Teekanne herab. Sie warf ein Glas gegen die Kühlschranktür und eines in den geöffneten Kühlschrank hinein und zerschmetterte eins auf den Heizungsrippen. Die Tür zum Besenschrank hakte, aber sie bekam sie doch auf und holte gerade Schwung mit dem letzten Glas, als sie eine Bewegung an der Tür gewahrte.

Dort stand Saskia und starrte sie an.

Sie packte das Nötigste.

Schrieb eine Notiz, die sie auf dem Küchentisch liegen ließ und ging mit den Kindern ins Krankenhaus, um sich zu verabschieden. Der Schwiegervater lag klein und verloren zwischen den Kissen. Seine Hand zitterte. Er sah aus wie ein sehr alter Mann.

Später im Zug dachte Susanne zurück an den Moment, bevor Paul erwachte. An den Baum wie ein Schatten vor dem strahlenden Himmel, durchscheinend und lebendig. Der Wind raschelte in den Blättern und ließ die Früchte schwanken. Mitunter fiel eine zu Boden, wo der Schwiegervater sie auflas, mit einem Taschentuch polierte, und in einen der Körbe legte. Ihrer Himmelsfarbe beraubt, schimmerten sie rot und dunkelblau und fingen schon bald an zu verderben.

Die Assel

Heidrun Heil

Ich heiße Veronika Assel und bin fünfundfünfzig Jahre alt. Vor einiger Zeit habe ich eine Kellerassel mit dem Staubsauger aufgesaugt. Wahrscheinlich hatte sie meinen Schatten auf dem hellen Kachelboden bemerkt. Sie flüchtete mit ihren winzigen Beinchen äußerst schnell in Richtung Mauerritze, aber das war mir herzlich egal. Ich schaffte es, ihren grauen Panzer mit meinem Saugrohr zu erwischen, denn ich mag keine Asseln in meinem Keller.

Dieses hässliche Gliedertier lebte sicher noch eine Weile im Staubsaugerbeutel, bis es den Geist aufgab. Vielleicht ernährte es sich von den Staubpartikeln und Brotkrümeln im Beutel. Asseln lieben es kalt und feucht. Im Staubsauger war es das mit Sicherheit nicht. Ich hätte die Assel als böses Omen nehmen sollen, denn mein damaliger Chef hat mich einen Tag später ebenfalls entsorgt – so wie ich die Assel. Aber ich lebe noch und habe auch nicht vor, irgendwo zu vertrocknen.

Ich sei ein Dinosaurier in seinem Betrieb, sagte Herr Leistenender zu mir. Ich sei völlig veraltet und nicht mehr an heutige Standards anpassungsfähig. Wer bis zuletzt das WLAN für eine Organisation der UNO halte, ein iPad mit einem Küchenbrett verwechsle und zu Giga- immer noch Gagabite sage trotz wiederholter Schulungen, sei für die Firma ein unkalkulierbares Risiko und Fortschrittshemmnis.

Ich habe dann eine ordentliche Abfindung erhalten, so dass ich mich in Ruhe umorientieren konnte. Herr Leistenender hatte mir zum Abschied aufmunternd und kraftvoll die Hand geschüttelt, als ob er mir etwas von seiner unbändigen Energie abgeben wollte, aber mir graute vor dieser Aufgabe, mir eine neue Arbeit suchen zu müssen. Wenn ich in den Spiegel blicke, erscheinen mir die sich langsam abzeichnenden Ringe an meinem Hals wie die Ringe des Panzers der Assel, die ich neulich tötete.

Wir haben zwar den Namen gemeinsam, aber ist es normal, dass ich mich schon mit einem niederen Gliedertier vergleiche? Da bleibt nicht viel Spielraum für Entfaltung. Die gemeine Kellerassel lebt in ihrem Biotop, ohne darüber nachzudenken, was für eine Existenz sie führt. Wahrscheinlich kann sie gar nicht denken. Doch es täte mir leid, wenn sie Schmerz empfinden könnte. Ja, das ist mein schlechtes Gewissen. Ich ahne, dass die häufigste Todesursache für eine Assel das absichtslose Zerquetschtwerden durch einen Schuh ist. Die Assel krabbelt auf dem Boden und wird kaum wahrgenommen so tief unter unserem üblichen Sichtfeld. Das ist ihr größtes Risiko. Wenn sie zerquetscht wird, kann sie nicht aufjaulen wie ein Hund oder elendig maunzen wie eine Katze. Die Assel muss sich klaglos in ihr Schicksal ergeben.

Nach der Kündigung durfte ich gleich nach Hause gehen. Abgesehen von Herrn Leistenender verabschiedete sich keiner meiner Kollegen von mir. Ich ging über den langen Firmenflur mit meiner kleinen Tasche, in der ich die drei privaten Dinge verstaut hatte, die auf meinem Schreibtisch herumgelegen hatten: ein hässlicher grauer Stein mit Loch vom Mallorca-Urlaub vor zwanzig Jahren, ein vergilbtes, eingerissenes Foto von meinem damaligen Freund und mir auf Mallorca vor zwanzig Jahren und eine kaputte Miesmuschel, die mir mein Neffe von seinen Ferien an der Nordsee mitgebracht hatte.

Obwohl alle Türen, die von diesem Flur abgehen, immer offen stehen, sah nicht ein einziger Kollege auf, als ich an ihnen entlanglief. Vermutlich fiel meine Abwesenheit auch in den darauf folgenden Tagen niemandem auf. Nur die Sekretärin, Frau Wurzacher, rief eine Woche später an und wünschte mir alles Gute für die Zukunft. Auch dass ich einen Job finden möge, der die moderne Computertechnik nur am Rande als Thema habe. Ja, dachte ich, sie hat gut reden. Ihr erwachsener Sohn, der Informatiker ist, kann ihr helfen, wenn sie mal nicht weiter weiß. Ich habe niemanden außer dem Hausmeister in meinem Reihenhaus, der mir höchstens Ratschläge zur Müllentsorgung erteilen könnte. Trotzdem war Frau Wurzacher eine über alle Maßen nette Person. Sie schlug mir vor:

„Frau Assel, lassen Sie sich in der Arbeitsagentur ausführlich beraten. Ich weiß, da gibt es heutzutage schon Berufsfindungstests für Leute wie Sie, die sich neu orientieren wollen. Die Berater sind besser, als Sie denken."

Frau Wurzacher hatte Recht. Noch war nicht alles verloren: So saß ich einige Tage später vor Herrn Mensching von der Arbeitsagentur, der mich zu meinen Kenntnissen und Fähigkeiten befragte.

„Ah, ich verstehe, mit Computern stehen Sie auf Kriegsfuß. Dann lassen wir mal diesen Bereich komplett beiseite. „Wie steht es um handwerkliche Neigungen?"

„Ich putze gern."

„Wie habe ich das zu verstehen?"

„Bei mir zu Hause liegt kein Staubkorn. Auch Ungeziefer entsorge ich sofort. Ich hasse es, wenn die Wohnung nicht picobello sauber und aufgeräumt ist."

Herr Mensching räusperte sich für meine Begriffe unanständig laut. „Auch wenn ich unter „handwerklich" etwas anderes meinte, hätten wir da eventuell ein Betätigungsfeld für Sie."

„Wie meinen Sie das?"

„Eine große Raumpflegefirma aus der Region sucht zuverlässige Mitarbeiter."

Ich stutzte: „Sie meinen, ich soll für andere die Asseln wegsaugen?"

Herr Mensching begann zu kichern. „Guter Scherz, Frau Assel, wirklich – Frau Assel macht die Asseln weg", gluckste er in sich hinein.

Unverschämt, dieser Kerl, der hatte keine Ahnung, wie ich mich fühlte!

„Also, wenn Sie wollen, können Sie bei der Firma Turbosuck schon nächste Woche anfangen. Ich glaube, da werden Sie sich wohlfühlen."

Als ich wieder auf dem langen Flur der Arbeitsagentur stand, hörte ich Mensching wie ein Huhn gackern. So eine Gemeinheit von dem Kerl, sich über meinen zugegebenermaßen ungewöhnlichen Namen lustig zu machen. Hatte der denn gar keinen Anstand?

Bei der Firma Turbosuck hielt es mich ganze zwei Wochen. Dann hatte der Chef der Reinigungsfirma genug von mir. Ich weiß wirklich nicht, warum ich nicht gleich bemerkte, dass auf dem mit unzähligen Aktennotizen bedeckten Schreibtisch eines Mitarbeiters auch Mikrochips lagen. Ich hatte die brotbröselgroßen Teile am frühen Morgen versehentlich vom Tisch gesaugt. Immer diese Hektik: Raum 5 bis 11 in dreißig Minuten schaffen, das sind gerade mal etwas über vier Minuten pro Büro. Als sich die Abteilungen gegen 8.00 Uhr mit Angestellten füllten, hörte ich aus einem der schon geputzten Räume gellende Schreie.

„Wo ist der Auftrag für 10.00 Uhr?"

Als ich mit dem Handsauger nach getaner Arbeit über den endlosen Flur schlurfte, rief jemand: „Halt, da ist die Putzfrau! Vielleicht hat sie ja etwas gesehen!"

Gleich drei Mitarbeiter nahmen mich ins Verhör. Nein, ich hatte so früh morgens niemanden gesehen im Büro. Aber vielleicht war da einer noch vor mir da, denn die Brösel auf dem Tisch in Raum neun zeugten ja davon. Da hatte jemand Hunger gehabt. Welche Brösel, wollten die drei Mitarbeiter wissen – und dann kam das ganze Schlamassel heraus.

„Sie, Sie…!" Der Angestellte mit den glupschigen Schielaugen hinter der Hornbrille schnappte nach Luft, während der Dickbäuchige im braunen Schlabberpulli „Sie blöde Kuh" ergänzte. Der große Dürre mit dem Schnabelmund, der mir schon aufgefallen war, weil um seinen Arbeitsplatz herum immer vertrocknetes Studentenfutter lag, zischte mich an: „Dann durchsuchen Sie auf der Stelle den Staubsaugerbeutel!"

Ein paar Spucketropfen seiner feuchten Aussprache landeten in meinem Gesicht. Ich war fast froh, dass nicht noch kleine Mengen gekauten Studentenfutters mitgeflogen waren.

Also musste ich unter den Augen der drei Männer den Beutel aufschlitzen und den Inhalt auf dem frisch gesaugten Kurzflorteppich ausbreiten. Ich kroch auf allen Vieren zwischen unzähligen Staubflusen, Wollmäusen und Undefinierbarem und zupfte mit zitternden Fingern jedes einzelne Knäuel auseinander. Natürlich machten sich die Herren selbst nicht die Hände schmutzig. Im Gegenteil, sie spotteten noch, als ich voller Ekel ein gebrauchtes, neongelbes Kondom aus den Flusen zog.

„Benutzt nicht der Herrlinger immer so bunte Dinger? Ich hab ihn neulich damit auf dem Flur gesehen. Schade, den hätte ich gern in flagranti erwischt..."

Da rätselten die Herren schon über die momentane Auserwählte des Herrn Herrlinger, während ich weiter unbeachtet auf Knien in den Schweinereien stocherte. Es dauerte fast zwei Stunden, bis ich die sieben Mikrochips vom Auftrag für 10.00 Uhr wieder zusammen hatte. Schielauge, Schlabberpulli und Schnabelmund sausten mit dem Fund aus der Tür, ohne sich zu bedanken. Mir lief mittlerweile der Schweiß von der Stirn, während ich die Überreste des alten Staubsaugerbeutels mit einem neuen Beutel wegsaugte.

Dieser Vorfall hatte ein Nachspiel in Form meiner Kündigung. Wieder kicherte Mensching von der Arbeitsagentur, als ich ihm von meinem Malheur erzählte. „Das müssen wir noch handfester angehen, Frau Assel. Ein wirklich tolles neues Angebot liegt mir erst seit zwei Tagen vor. Wenn Sie mal eben auf meine Seite kommen und sich das kurz ansehen würden."

Also lief ich um Herrn Menschings überdimensionierten Schreibtisch herum, um mir auf seinem Bildschirm die Homepage der Firma Nagertod anzugucken. Ich musste zweimal hinsehen, bis ich verstand, um was für ein Unternehmen es sich handelte. Der alberne Mensching kicherte schon wieder: „Da würden Sie Ihrem Namen alle Ehre machen, denn die bekämpfen nicht nur Nagetiere, sondern sämtliches Ungeziefer unserer Breiten."

Also stellte ich mich am nächsten Tag dem Chef der Firma, Herrn Nagertod, der wirklich so hieß, vor. Überschwänglich schüttelte mir der graumelierte Firmenboss mit den leicht vorstehenden Hasenzähnen bei der Begrüßung die Hand. „Ich freue mich so, Sie kennen zu lernen. Sie glauben gar nicht, wie gut Sie in mein Firmenkonzept passen, liebe Frau Assel."

„Ähm, das verstehe ich nicht ganz."

„Das will ich Ihnen erklären: Seit fünfzehn Jahren gibt es uns nun schon, und ich lege größten Wert auf, wie soll ich sagen, Übereinstimmung der Mitarbeiter mit unserem Geschäftszweck."

Herr Nagertod führte mich durch die Büros und stellte mich wortreich den Kollegen vor. Als erstes lernte ich seine Sekretärin Frau Käferlein kennen, eine kleine rundliche und gutmütig dreinblickende Person mit dünnen schwarzbestrumpften Beinen im roten Minirock. Dann den Chefchemiker Herrn Marder, die Techniker Herrn Maus und Herrn Taubendreck und den Einkäufer Herrn

Rattenzahn. Ich schüttelte auch Frau Krähenfuß, Herrn Spinne und sogar noch einer Frau die Hand, deren langer Nachname auf ...biber endete.

„Sehen Sie, Frau Assel, das ist mein Konzept", lächelte mich Nagertod am Ende unseres langen Rundgangs an, „und ich versichere Ihnen, es funktioniert: Wir sind eine einzige große Familie mit einer wunderbaren Arbeitsatmosphäre. Wann wollen Sie anfangen?"

Gleich am nächsten Morgen hatte ich meinen ersten Arbeitstag. Die neuen Kollegen begrüßten mich freundlich und waren hilfsbereit, was mich nach den Misserfolgen in den anderen Firmen froh stimmte. Im Versuchslabor lernte ich in den ersten Tagen, wie man auf flecken- und geräuschlose Art dicke Kakerlaken unschädlich macht, wie man empfindliche Oberflächen von Vogelkot reinigt oder ganze Kolonien von Silberfischchen unter Schrankwänden rückstandsfrei beseitigt. Ich stellte mich dabei so geschickt an, dass Herr Nagertod mich schon am dritten Tag vor allen Kollegen beim gemeinsamen Mittagessen in der Kantine – es gab frittierte Heuschrecken mit Aioli-Soße – in den höchsten Tönen lobte. Nach diesem ersten Erfolg ging ich mit noch mehr Eifer an die Arbeit. Sie bereitet mir regelrecht Freude, denn am Ende eines jeden Arbeitstages steht immer ein „sauberes" Ergebnis. Seitdem lege ich Fallen aus, gehe mit einem riesigen Saugrohr in dunkle Kellerecken, klettere auf Dächer, um Taubenkrallen anzubringen, oder kärchere von Mäusen verdreckte Fliesen blitzblank. Meine Kunden danken es mir mit üppigen Trinkgeldern.

Vor kurzem war ich sogar im Einsatz bei der Firma, in der ich versehentlich die Microchips weggesaugt hatte, um ein gefährliches Hornissennest auszuheben. Ausgerechnet am Jalousienkasten am Fenster von Raum neun hatten es sich die Hornissen gemütlich gemacht. Als ich von außen im Schutzanzug durch das geschlossene Fenster in den Raum blickte, sah ich Schielauge, Schlabberpulli und Schnabelmund ängstlich zu mir herübersehen. Sie tuschelten und fuchtelten mit den Händen. Die Erinnerung an das schmachvolle Erlebnis ließ mich kurz auf dem am Fenster angebrachten Gerüst schwanken. Aber dann beachtete ich die drei Angsthasen nicht mehr und machte mich mit meiner Absaugvorrichtung an die Arbeit.

Als ich nach meinem Einsatz in Raum neun ging und die erfolgreiche Entfernung des Nestes und Umsiedlung der Hornissen verkündete, zuckten die drei mir bekannten Männer, mich mit offenen Mündern anstaunend, kurz zusammen. Dann stellte Schielauge beeindruckt fest: „Sie sind ja eine ganz Furchtlose!"

Ich lächelte alle siegessicher an und sagte mein Sprüchlein auf: „In der Not hilft Firma Nagertod."

Schnabelmund kratzte sich ungläubig am Kopf: „Heißen Sie nicht Assel?"

„Ja, was haben Sie gegen den Namen?"

Schlabberpulli nickte grinsend: „Wisst ihr noch? Das Assel-Schlamassel."

Das große Saugrohr immer noch in der Hand haltend, kam ich ganz dicht heran an die Männer und stieß hervor:

„Passen Sie bloß auf, dass ich Sie jetzt nicht auch noch entsorge!"

Ich richtete den Sauger drohend auf die drei. Die Männer wichen überrascht vor mir zurück. In diesem Moment wusste ich, dass ich meine Bestimmung gefunden hatte – ich werde auf der Karriereleiter der Firma Nagertod heraufkrabbeln wie eine Assel, mir einen dicken Panzer zulegen und es euch allen zeigen. Die Asseln, das habe ich neulich gelesen, existieren schon seit Millionen Jahren und werden uns Menschen wahrscheinlich überleben.

Wabenwut

Helmut Gotschy

Pauke, Rocco und Dettl, drei Berliner Altpunks, die schon beim Häuserkampf und der Anti-Lummer-Demo auf der Potse im September 1981 wegen Rattay mit dabei waren, und denen Rio Reisers Junimond noch immer die Tränen in die Augen treibt, streunen durch den Thälmann-Park im Prenzlauer Berg und kommen an der WABE vorbei. In diesem Kulturclub ist übers Wochenende Mittelalter angesagt. Bands treten auf, Jongleure und Gaukler halten einen zum Narren, und im Foyer sind Fress- und Saufstände aufgebaut. Ein bestimmter Stand zieht die drei magisch an: In handwerklich gezimmerten Regalen stehen hunderte Flaschen nebeneinander aufgereiht, Met in den unterschiedlichsten Geschmacksrichtungen und mit den absurdesten Zutaten. Pauke tritt als erste vor den Methusalem mit grauem Zopf und Knebelbart. Sie rückt ihre Schiebermütze zurecht, hält die Fäuste in die Seiten gestemmt und brummelt mit ihrer Gauloises-Stimme: „Na kieck dir dit mal an. Dit is ja allet von Honig jemacht, wa. Muss ja irre süß sein."

„Logo", sagt Dettl und ruckelt an seiner runden Metallrandbrille, „immer schon gwäsa, den Honig hend doch die alten Germanen erfunden, gell!"

Rocco hat sich neben Dettl gestellt, klemmt eine fettige Haarsträhne hinters Ohr und schielt über seine Schulter. „Du Depp, du schwäbischer! Honig kommt von Bienen – und sonst von gar nichts. Aber süß ist er trotzdem."

„Recht hat er, der Meister, und doch auch wieder nicht! Der Trank kommt zwar vom Honig der fleißigen Bienen, muss aber nicht immer süß sein. Hier, der beste Beweis ist unser Wabenglut." Der Händler im Lederwams langt blind nach hinten und hält Pauke eine golden schimmernde Flasche entgegen, die er bedächtig hin- und herdreht und gegen das Licht hält. „Dies hier, edle Hoheit, ist Wabenglut. Feinster Tannenmet mit natürlichem Glitzereffekt, eine einzigartige Spezialgärung für Liebhaber des Besonderen."

Dettl schiebt sein goldbesticktes Ethno-Käppi vor und zurück und keckert los: „Chr, chr, ‚edle Hoheit', und des zu der Pauke, die in eim Kreuzberger Hinterhof g'haust hat, und immer no meint, sie allein hätt den Punk erfunden; bloß weil se der Nina Hagen des Mikro mal hat halten dürfe."

„Fick dich!", mault sie zurück. „Der Gag ist sooo alt."

„Nun lasset doch die Streitereien, Herrschaften, labet euch indes am Glück der Bienchen. Möchtet ihr vielleicht ein wohlfeil Schlücklein verkosten?" Die drei sehen sich an und nicken synchron.

Der Händler gießt drei fingerhutgroße Plastikbecher halb voll, schiebt sie zur Tresenkante und sagt voller Inbrunst: „Auf die Gesundheit!"

Die drei nippen zuerst, prosten sich zu und legen den Kopf in den Nacken. Sie kippen den Rest wiederum gleichzeitig in den Rachen. Der Händler grinst breit. „Gekonnt ist gekonnt! Wohl schon öfters gebechert, wie's ausschaut. Darf es noch etwas sein, Herrschaften?"

„Quatsch keene Opern", grummelt Pauke, wischt sich über die Lippen und zeigt auf eine volle Flasche im Regal. „Her damit. Und drei richtige Gläser!"

„Stets zu Diensten, edle Dame! Das wären dann fünfzehn Euro." Rocco seufzt und zahlt. Die drei verziehen sich an einen Ecktisch, versteigen sich in alte Erinnerungen und nehmen die Musik im Saal kaum wahr. Dort ist die Mittelaltergruppe *Pampatut* zugange und provoziert mit ihren dummen Sprüchen Chorgegröle und Handgeklapper. Aus einer Flasche werden zwei, dann drei und so weiter, die Geschichten von damals werden immer kruder und schillernder. „Was hätten wir nicht alles bewegen können, wenn sie uns bloß gelassen hätten, seinerzeit", träumt Rocco und stützt die Ellbogen auf den Tisch. Seine Hände schieben die Backen zu den Augen hoch, die sich dabei zu schmalen Schlitzen formen.

„Naa? Auch am Feiern?", poltert ein Dicker mit Bart und Rockermatte in grün-roter Gewandung hinter ihnen, und die Schellenbänder über den Schnabelschuhen hören auf zu klimpern.

„Siehste doch!", grummelt Pauke. Sie zeigt auf einen Hocker. „Und wat is? Ooch 'n Schlückchen Met? Wejen der guten alten Zeiten."

„Hallo? Alte Zeiten, Mensch, die kommen doch erst noch! Und außerdem heiße ich Hopfenstreich und nich Honigstreich und muss zurück auf die Bühne. Mein Max wartet." Hopfenstreich stapft mit Schellengeklimper von dannen.

„Sein Mäxle wartet", lästert Dettl. Er müht sich hoch und eiert zum Verkaufsstand, um eine allerletzte Flasche zu holen. Dabei muss er feststellen, dass er nur noch ein paar Münzen hat. Er flucht und wankt zurück. „Scheißteuer, des Zeug", sagt er zu den beiden, die ihn mit glasigen Augen erwartet haben. „Des müsst' ma selber macha, verkaufa, ond dann reich werra!"

„Gute Idee", nuschelt Rocco und zieht Linien in Form von Dollarzeichen durch die Metpfütze auf dem Tisch. „Reich ist immer gut. Ich habe auch schon einen Plan!"

Pauke und Dettl richten sich gleichzeitig auf und stieren Rocco aus glasigen Augen an.

Bei einem Sixpack Sternburg vom Späti werden die Aufgaben anschließend an einer Bushaltestelle verteilt.

Der Gärbehälter ist das kleinste Problem. In Dettls Keller steht noch ein altes Fünfhundert-Liter-Ölfass mit Schlauch und Handpumpe, das seit dem Einbau der Zentralheizung nutzlos vor sich hin rostet. Dettl wuchtet das Ungetüm nach draußen, kippt Abflussreiniger hinein und wälzt das Fass so lange über den Hof, bis Schaum aus dem Einfüllstutzen quillt. Er breitet sich wie ein Löschteppich zwischen den Müllcontainern aus und verströmt eine Geruchsmischung aus Brandbeschleuniger und Auto-Waschanlage. (Mit Mollis kennt Dettl sich aus! Mit Wagenpflege weniger.)

„Da kiek dir einer die Schwaben an", lobt ihn seine Nachbarin aus der Beletage im Vorderhaus. „Wenn'se putzen, denn putzen se jründlich. Weiter so!" Dettl blickt über den Brillenrand genervt nach oben.

Schwieriger gestaltet sich der Honigkauf. Selbst mit Mengenrabatt findet ihn Dettl unerschwinglich. Denn eines ist sogar Dettl klar: Würden sie ihn vor Ort kaufen, wäre nichts an der Sache verdient. Bio ist einfach viel zu teuer! Deshalb löchert er den Betreiber seines Spätis in der Oranienstraße so lange, bis der ihm verspricht, fünfzig Kilo Honig zu besorgen – Bückware und gegen Vorkasse. Dettl zieht seinen letzten Fuffi aus der Tasche und schiebt ihn rüber.

„Firma dankt. Bis spätestens übermorgen."

Pauke hat inzwischen das Etikett der Metflasche, die sie aus der WABE mitgenommen haben, abgepult und auf den Scanner gelegt. Klacksache für Pauke, immerhin hat sie in einem Copyshop gejobbt und weiß, wie man mit Photoshop Dinge zurechtbiegen kann. Aus Wabenglut wird – ganz ihrer Dauerlaune entsprechend – Wabenwut. Sie druckt sie auf Klebefolie aus und pappt eines zur Probe auf eine leere Bierflasche mit Bügelverschluss. „Passt!", jubelt sie. „Bald sind wir reich! Hurra!"

Rocco als alter Tresenritter kennt jede Kneipe in seinem und im Nachbarkiez, die Flaschenbier mit Bügelverschlüssen im Angebot haben. Und nicht nur das, er weiß auch, wo die Wirte das Leergut lagern. Mit einem 1986er Ford Transit klappert er die Kneipen nacheinander ab und lädt den Transporter bis obenhin voll. Einem Kumpel verspricht er eine flüssige Beteiligung, wenn er die Flaschen reinigt. Der zeigt sich begeistert, beugt sich tags darauf über eine alte Zinkwanne und schrubbt sich die Finger wund – der alten Zeiten wegen.

Als Pauke alle Etiketten gedruckt hat, wird es Zeit, ihren Onkel in Heiligensee zu besuchen, der dort in einer Gartenlaube haust. Er kennt sich mit allem aus, was mit Selbstgebrautem und Schwarzgebranntem zu tun hat.

„Pass uff, Kleene", sagt er und rückt ein Stück näher, „dit Wichtigste bei die Sache is absolute Sauberkeit, sonst kippt dir dit Zeug um, wird bitter und fliegt dir, wenn de Pech hast, um die Ohren. So schnell kannste jar nich flüchten."

Pauke schiebt die Unterlippe vor. Aha! Und wie bring ick dit Dettl bei?

„Denn brauchste Hefe, aba nich so'n Zeug wie für'n Kuchen, wa, sondern wat Richtijet. Dit nennt sich Reinzucht- oder Gärhefe." Daraufhin erzählt Paukes Onkel von seiner verzweifelten Suche, als er Hagebutten von den Rieselfeldern sammelte und nicht wusste, wie er daraus Wein machen sollte. Die Drogerie hat ihn zur Apotheke geschickt und die Apotheke zum Reformhaus. Und die natürlich wieder zur Drogerie. Sogar beim Institut für Gärtechnologie hat er nachgefragt. Der Professor riet ihm zu einem Versuch mit anaerober Spontangärung. Das würde zwar nicht immer funktionieren, aber wunderschön blubbern – Ähh, Sie wollen das Ergebnis doch nicht etwa trinken???

„Schließlich wurde ick in Spandau fündig. Die Drogistin grinste frech, als ick kleinlaut vor ihr stand und nach Gärhefe jefragt hab. Sacht die doch glatt: ‚Welche Jeschmacksrichtung hätten Sie denn jerne?' Na, ick war vielleicht jeplättet und hab mir denn für Burgunder entschieden. Dit hat ooch allet prima jeklappt un ick ha nach drei Flaschen die Rosenblüten von oben jeseh'n!" Paukes Onkel grinst wie ein Haifisch. „Da saachste nüscht mehr, wa Kleene?"

„Und wat brauch ick sonst noch so?"

„Für oben brauchste 'n Lüftungsventil. Dit is allet. Ick gloob ick müsste noch sowat von früher haben. Wie viel Met willste denn machen?"

„Na, so fünfhundert Liter, für'n Anfang."

„Meine Fresse!"

Die fünfzig Kilo Honig werden aufgelöst und, mit reichlich Zimt und Nelken versehen, ins Fass gekippt. Dettl ist fürs Tannengrün zuständig und schleppt Kiefernstämmchen aus einer Schonung im Tegeler Forst an, schnippelt sie klein und stopft das Gehäckselte ins Spundloch. Wasser dazu bis eine Handbreit unter den Rand, ein Pfund Gärhefe hinterher und kräftig schütteln. Fertig!

Keine fünf Tage, und es beginnt zu blubbern. Der Gärverschluss hüpft wie Zebulon auf und ab, und ein seifiger Geruch strömt aus Dettls Keller bis hoch zum Dach. Die Tauben suchen das Weite. Jeden zweiten Tag kommen die Drei zusammen und verkosten das Gebräu, sind allerdings nie zufrieden. „Da fehlt was ganz Entscheidendes!", sagt Rocco und blickt wissend in die Runde.

„Recht haste, dit Zeug, dit törnt nich im Jeringsten", weiß Pauke. Dettl fügt hinzu: „Fascht so schlimm wie eine Trollinger Rotweinschorle. Dem Zeug fehlt's an Umdrehungen. I hab auch scho an Plan!"

Dettl macht sich auf zu seinem Späti und leiert ihm fünfzig Flaschen Schmuggel-Wodka aus dem Lager. Diesmal ist ein Hunni fällig, aber was solls? Er kippt das Zeug ins Fass. Rührt und schüttelt kräftig und lädt Pauke und Rocco zur Verkostung. Nach mehreren Bechern sind die drei zwar voll wie Bolle, aber nicht wirklich happy.

„Da fehlt immer noch was", findet Dettl und verspricht, sich um den richtigen Kick zu kümmern. In einer Kiefernschonung im Grunewald hat er dunkle Beeren entdeckt, von denen er einen Eimer voll pflückt. Zusammen mit dem grauen Pulver, das im Plattenregal hinter *Pink Floyd* und *Tangerine Dream* seit Ewigkeiten vor sich hin rottet und auf seinen Einsatz wartet, macht er sich zurück zum Metfass. Nach seinen Trips durch Afghanistan, Goa und Kolumbien weiß er, dass es für eine echte Metamorphose mehr braucht als ollen Schnaps. „Meta-morphose", kichert er vor sich hin.

Wieder ist Warten angesagt, aber nach weiteren vier Tagen ist es endlich soweit. Sie treffen sich in Dettls Keller. Abpumpen, trinken, halbes Stündchen warten und – Abflug! Der Aufprall danach ist hart. Aber egal, das Zeug muss unter die Leute! Dass das Füllen der Bierflaschen zu solch einer Sauerei ausarten würde, hätten sie nie und nimmer gedacht. Aber da müssen sie durch. Aus Stunden werden Tage. Dann endlich sind die Flaschen im Transit verstaut und ab geht's nach Selb aufs Mediaval, Europas größtes Mittelalterfestival, das vier Tage dauern wird. Dass sich unter den knapp fünfundzwanzigtausend Besuchern genügend Durstige und Vergnügungssüchtige finden werden, ist keine Frage. Und dass die einen Zehner für Wabenwut locker machen, ist ebenso klar. Und bei tausend Flaschen bringt das immerhin mehr als drei Mille für jeden – Unkosten abgezogen.

Lange vor dem Festivalgelände stauen sich die Autos der Besucher, sie kurven trotz Beschilderung kreuz und quer durch Selb und suchen den Weg zum Parkplatz. Sie stellen den Transit nahe dem Eingang ab. Dettl hält Wache, Pauke und Rocco streunen über das Gelände. Jeder von ihnen hat eine Kiste Wabenwut in der Hand.

Auf der Campingwiese herrscht bereits reges Leben. Neben kleinen Biwakzelten sind Jurten und Behelfsunterstände errichtet, und das Volk schart sich um Gaukler und Musiker. Die Mittelalterfans sitzen um Feuerplätze oder tauschen Jeans und Pulli gegen golddurchwirkte Umhänge. Sie schieben sich Fuchs-, Vogel- oder Fantasiemasken übers Gesicht und stülpen sich Geweihe auf den Kopf. Die drei Altpunks staunen. So etwas Schräges hätten sie sich zu ihrer Zeit nicht getraut. Schade! Pauke steuert den ersten Unterstand an, wo ein Oldie im Kilt vor einem Haufen Holz hockt und ins Feuer pustet. „Na Kumpel, Lust auf ′nen Trip? Echte Wabenwut, Met vom Feinsten." Dabei streckt sie ihm eine Flasche hin. Der Oldie fummelt eine Lesebrille aus der Bauchtasche und betrachte das Etikett. „Looks good", sagt er. „Can I try?"
    „Sure!"
    Der Schotte nimmt einen kräftigen Zug, stutzt und studiert das Label. „What the fuck is that? Bloody amazing! Absolutely great stuff, my dear! How much?"

„Ten, only", sagt Pauke. „And for the whole crate you'll get one bottle extra."

„Great deal! Der Schotte streckt Pauke zwei Hunnis hin und schlägt ihr auf die Schulter, dass ihre runde Brille verrutscht und ihre Kugelaugen noch größer scheinen. „Be sure, I'll tell all my friends about it. See you", ruft er ihr nach, als sie sich auf den Weg macht, um Nachschub zu holen.

Rocco hat weniger Erfolg. Die Orks winken ab, Stelzenläufer und Skelette spucken das Zeug nach dem ersten Schluck aus und Zauberfeen trinken grundsätzlich nichts Alkoholisches – behaupten sie jedenfalls, als sie Rocco sehen. Der zieht weiter und trifft auf Pauke. Außer bei dem Schotten hat auch sie kein Glück gehabt. Zu bitter, zu teuer oder nicht süß genug, so die gängigen Argumente.

„Was soll's", sagt Rocco, als sie zurück beim Transit sind, in dem Dettl bereits dabei ist, die Bestände zu vernichten. „Ich glaube, jetzt bin ich reif für 'ne Dröhnung!" Dettl schiebt ihm eine Kiste hin, Pauke hockt sich daneben, schnappt sich eine Flasche mit Bodensatz wie bei Hefeweizen und alle drei üben sich wie früher im Wettsaufen.

Es wird langsam dunkel, vom oberen Festivalgelände scheppern harte Beats mit Dudelsäcken. Die Drei liegen lang ausgestreckt hinter dem Transit und geben sich ihren Träumen hin. Dettl, für ihn nichts Neues, macht sich auf den Weg zur Sonne und bestaunt den Mond von hinten, er winkt der Venus zu, allmählich wird es hell und heller um ihn, er beginnt zu schwitzen und spürt, wie er sich langsam aber sicher auflöst und mit dem Kosmos eins wird.

Rocco hat sich auf die Rückbank verzogen und träumt von alten Zeiten, als Punk noch Punk war und man Löcherklamotten und Stachelhalsbänder nicht bei C&A klauen konnte.

Nur Pauke geht zurück auf den Campingplatz und steigert sich in eine Wutorgie. Sie wirft mit vollen Flaschen um sich und geht auf alles los, was sich bewegt. Sie rast direkt in die Lagerfeuer, reißt sich Klamotten vom Leib, taumelt wie ein Derwisch umher und ruft nach dem Teufel. Die Gaffer ringsum filmen Paukes Orgie, posten sie und bekommen ruck-zuck zehntausend Daumen.

Irgendwann ist Schluss. Die Polizei schickt Streifenwagen. Ein Notarzt macht Pauke kampfunfähig und verfrachtet alle drei in die Notaufnahme. Von dort werden sie am nächsten Tag zur Selber Wache gebracht. Der Transit samt Inhalt wird sichergestellt.

Pauke, Rocco und Dettl sitzen, flankiert von zwei Polizeibeamten, auf einer Holzbank im Flur der Selber Polizeiwache und warten auf ihre Hinrichtung. So jedenfalls fühlt es sich für sie an.

„Ja da schau her", sagt der kugelbäuchige Kommissar mit dem königlichen Schnauzer und der abgewetzten Ledertasche, als er vor den Dreien steht. „Auch schon wieder munter. Na dann kommen's mal mit, bitt'schön!" Und an den Wachtmeister gewandt: „Und nehmen's denen doch die Handschellen ab, bitt'schön." Er führt die drei in sein Büro. Sie staunen. Wie im Gruselkabinett, denkt Pauke, als sie all die Rehbock- und Hirschgeweihe, die borstigen Sauköpfe mit den Hauern und die ausgestopften Wiesel, Dachse und Bussarde sieht, die jede freie Fläche an Wänden, auf Simsen und Regalflächen einnehmen. Nichts als Tierkadaver, bis auf die Glasvitrine, die mit Pokalen vom Schützenverein und handbemalten Bierseideln vollgestellt ist. Doch am schrägsten findet sie das Bild, das direkt hinter dem Schreibtisch des Kommissars hängt. Markus Söder im Trachtenjanker, hinter ihm das Schloss Neuschwanstein und über ihm ein paar weiße Federwölkchen, die Söders Kopf wie einen Heiligenschein umkränzen.

„Soso, aus Berlin", sagt der Kommissar, als er die Ausweise studiert hat. „Wen hammer denn da? Eine Pauline Kellenmacher, geboren in Lichterfelde, einen Rudolf Weber aus Hannover und einen Detlef Hämmerle aus Sindelfingen. Bis auf die junge Dame Republikflüchtlinge. Habt's euch wohl vor dem Bund gedrückt und seid's hängen geblieben." Missmutig schüttelt der Kommissar den Kopf, wobei das leise Schmunzeln hinter seinem Schnauzbart nur zu erahnen ist. Der Wachtmeister von zuvor tritt an den Schreibtisch und legt einen Schnellhefter ab. Danach schlägt er die Hacken zusammen, salutiert und verschwindet wieder. Der Kommissar blättert durch die Seiten, fährt mit dem Finger die eine oder andere Stelle nach und richtet sich auf. Nach einem Griff in die Schublade und einer gehörigen Prise Schnupftabak legt er los. „Also, um die Sache abzukürzen, Ihnen werden folgende Straftaten zur Last gelegt: Erstens: Urkundenfälschung, siehe Label *Wabenwut*. Zweitens: Herstellung von

Lebens- bzw. Genussmitteln ohne Genehmigung, sprich Gewerbeschein oder Gesundheitszeugnis.

Drittens: Handel von Lebens- bzw. Genussmitteln ohne steuerliche Erfassung. Das ist Betrug und Schädigung des Gemeinwesens!

„Viertens –" Der Kommissar nimmt ein Blatt aus dem Schnellhefter, studiert es eingehend und legt es wieder beiseite. „Viertens: Beimischung von nicht genehmigten toxischen Substanzen", nach einer kurzen Pause fährt er fort, „deren Beschaffenheit durch ein Gutachten noch geklärt werden muss – und deren Vertrieb. Fünftens: Handel von alkoholischen – wie gesagt illegal hergestellten – Getränken auf dem Betriebsgelände, sprich dem Campingplatz der Mediaval GmbH ohne deren ausdrückliche Genehmigung."

Der Kommissar spießt die drei nacheinander mit seinen Blicken auf. „Meine Dame, meine Herren, was sagen Sie zu den Anschuldigungen?"

Dettl, der die ganze Zeit über seine Hände zwischen den Knien geklemmt hielt, beugt sich nach vorne. Doch bevor er auch nur Luft holen kann, sagt der Kommissar:

„Sparen Sie sich Ihre Ausflüchte, Herr Hämmerle, die Sachlage ist eindeutig! Sie sind vorläufig festgenommen. Alle drei! Über das weitere Vorgehen wird der Staatsanwalt entscheiden!"

Den Metfälschern fällt die Kinnlade, ihre Augen werden groß.

„Wastl!", brüllt der Kommissar so laut, dass die Deckel auf den Bierseideln scheppern.

Der Wachtmeister stürmt ins Zimmer und salutiert.
„Abführen! Zurück in die Zelle!"

„Zu Befehl, Herr Kommissar!"

Nachdem Pauke, Rocco und Dettl schimpfend und ze-
ternd die Amtsstube verlassen haben, zieht der Kommissar die unterste Schublade aus seinem Schreibtisch heraus
und legt die Beine darauf ab. Er öffnet seine Ledertasche
und holt eine Flasche *Wabenwut* hervor, schnippt den
Verschluss mit beiden Daumen auf und trinkt den Met
auf zwei Züge leer. Danach rülpst er genüsslich. Bin ja
gespannt, ob das auch stimmt, was das toxikologische
Gutachten des LKA München behauptet. Und ob Toll-
kirschen und Fliegenpilze noch die gleiche Wirkung haben wie seinerzeit, fragt er sich. Er schließt die Augen,
lehnt sich zurück und nuschelt vor sich hin: „Jaja, auch
wenn wir im hintersten Winkel des Fichtelgebirges aufgewachsen sind – Auch wir waren mal jung!"

Das Schlauchboot

Heidrun Heil

Ich heiße Heinz und war stolzer Besitzer eines kleinen, alten Schlauchbootes, dem ich den altmodischen Namen Hedwig gegeben hatte. Etwas länger als eine Luftmatratze, besaß Hedwig drei dicke Luftkammern: Die erste ganz oben war rot, die in der Mitte dunkelblau, und die untere war dann wieder rot. Ich liebte mein Schlauchboot, das gerade Platz für mich und meine beiden Paddel bot. Viele schöne Dinge erlebte ich zusammen mit Hedwig, während wir durch die Gewässer glitten. Der exklusive Blick vom Wasser ans Ufer stillte meine Sehnsucht nach dem Paradies. Ich genoss die Ruhe und Einsamkeit und konnte wunderbar entspannen, während mich mein rot-blauer Farbklecks über kleine Wellen trug.

Vor einigen Jahren hatte Hedwig einen Schaden: Ein rücksichtsloser Surfer kollidierte mit uns, so dass die Kante seines Boards einen mehrere Zentimeter langen Schlitz in einen der drei Gummischläuche nahe dem Ventil riss. Zum Glück kam ich noch trocken ans Ufer, musste dann aber mühsam und fluchend die blaue Luftkammer flicken. Das Leck klebte ich mit rotem Spezialband ab, eine rote Narbe auf blauem Grund. Danach sah es aus, als ob mein Boot vorn einen Mund hätte, der lächelt, ein bisschen so wie der Mund dieses Kreuzfahrtschiffs aus der Fernsehwerbung.

Es war schon erstaunlich, dass mein Gummiboot die vielen Jahre der Benutzung einigermaßen heil überstand. Die meisten Schlauchboote dieser Größe gehen nach nur wenigen Sommern kaputt. Immerhin begleitete mich meine Hedwig schon seit dreizehn Jahren. Wie ein altes Ehepaar bereisten wir in der warmen Jahreszeit zahlreiche Küsten.

Den letzten Urlaub verbrachten wir auf einer kleinen Nordseeinsel, die, geschützt von den anderen Inseln und Halligen ringsherum, geradezu ideale Bedingungen für Hedwig und mich bot. Das Meer war hier ruhig, und bei Ebbe konnte ich einfach aussteigen und zu Fuß im flachen Wasser ans Ufer waten, mein kleines Boot im Schlepptau.

Am zweiten Urlaubstag auf der Insel strahlte die Sonne von einem wolkenlosen Himmel. Nach meinem ausgedehnten Frühstück in der Pension, bei der ich mich eingemietet hatte, beschloss ich, zu den Seehundsbänken zu fahren, von denen die Vermieterin so geschwärmt hatte. Ich ging mit Hedwig an den Strand und paddelte los. Es war nahezu windstill, so dass ich schnell durch das flache Wasser glitt. In der Ferne sah ich schon die aus dem Wasser aufragenden Seehundsbänke, auf denen ich ein paar Tiere in Form kleiner Punkte ausmachen konnte.

Um die Mittagszeit kam wie aus dem Nichts eine kräftige Brise auf. Der Himmel verdüsterte sich innerhalb von Minuten. Also drehte ich von meinem Kurs ab und ruderte, so schnell ich konnte, Richtung Ufer, wo ich heraussprang. Das Wasser stand mir bis zur Hüfte, aber ich hatte wieder festen Boden unter den Füßen. Die Strömung zerrte an mir, die Sonne war endgültig hinter dunklen Wolken verschwunden, und der Wind blies den letzten Rest Wärme aus mir heraus. Mühsam watete ich durch das Wasser, bis ich schließlich das trockene Ufer erreichte.

Da sah ich eine kleine Kneipe mit dem in Leucht-schrift an der Ziegelwand angebrachten Namen *Bi de Pump* nur ein paar Schritte entfernt vom Meeressaum. Ich ließ Hedwig am Strand zurück und trat in die enge Stube. Auf der Toilette zog ich mich um, denn Kleidung zum Wechseln trage ich immer in einem Rucksack bei mir. Ich freute mich schon auf den Grog, den man hier zu jeder Jahreszeit bekam. Alle Tische waren besetzt, so dass ich auf den riesigen Hocker an der Theke kletterte, hinter der eine junge Nordfriesin mit wasserblauen Augen lächelnd „Wat Heißes?" fragte.

Der Grog kam schnell. Während ich meine Hände am Trinkgefäß wärmte, schweifte mein Blick zu den anderen Tischen im Raum. Die meisten Gäste hatten vor sich genau die gleiche Art Grog-Glas wie ich. Leise und auch lauter wurde über das Schietwetter geschimpft und nach der Kellnerin gerufen, die ständig neue, dampfende Ge-tränke an die Tische brachte. Die Gesichter wurden im Laufe der Zeit immer roter und glänzender. Jedenfalls sa-hen sie nicht nach Sonnenbrand aus. Ich genoss in klei-nen Schlucken, wie sich der Grog ölig und feurig zugleich seinen Weg in meinen Magen brannte.

Der Geräuschpegel in der Kneipe war ziemlich hoch, ein paar Fetzen Plattdeutsch konnte ich aufschnappen: „Mok mol `n beten sutsche, Henning, toveel is toveel." Hier schienen nicht nur Touristen auf besseres Wetter zu warten.

Von dem Tisch mit den fünf Männern in den orangen Westen der DLRG erhob sich einer und wankte zum Ausgang. Auf dem Weg zur Tür musste er sich an mehreren Stuhllehnen festhalten. Wie viel der wohl schon getankt hatte? Vielleicht war ihm nach Dienstschluss nur kalt gewesen oder er hatte Ärger mit seiner Alten zu Hause – wie auch immer – ich genoss die grogselige Stimmung in vollen Zügen. Mittlerweile hatte ich einen zweiten Grog bestellt, der mich wohlig einlullte und mein Urlaubsgefühl noch verstärkte.

Als ich gut gewärmt und gut gelaunt wieder hinaustrat, hatte es zu regnen begonnen. Dunkle Wolken am Himmel ließen ahnen, dass da noch mehr runter kommen würde. Der Regen klatschte mir ins Gesicht, und so sah ich erst nicht, wo ich Hedwig gelassen hatte. Mit zusammengekniffenen Augen schaute ich mich in alle Richtungen um. In dem faden Licht, das aus den beschlagenen Fenstern der Kneipe schummrig über den Strand fiel, erkannte ich nah am Wassersaum die orange leuchtende Weste des Mannes, der vorhin zur Tür gewankt war. Er beugte sich über etwas am Ufer und kam immer wieder mit dem Kopf nach oben, um ihn dann erneut zu senken. Mit den Armen machte er merkwürdige Bewegungen, die mich an Liegestütze erinnerten. Vielleicht hatte er gerade eine Wette gegen seine Kumpels in der Kneipe verloren und musste hier zur Strafe seine Übungen machen.

Da erkannte ich Hedwig unter ihm. Wollte der mein Boot stehlen? Mit allem, nur nicht damit hatte ich hier auf dieser kleinen Insel gerechnet. Hier kannte doch jeder jeden!

„He, lassen Sie sofort mein Boot los! Das gehört mir!",
schrie ich empört gegen den peitschenden Regen an. Als
ich schimpfend und außer Atem neben dem orangen
Mann zu stehen kam, der sich immer noch über meiner
Hedwig am Boden zu schaffen machte, schien der mich
gar nicht zu bemerken, so heftig ging sein Oberkörper
auf und nieder. „Was machen Sie denn da?"

Der Mann hob wieder hektisch den Kopf. Obwohl der
Wind uns beiden ziemlich um die Ohren pfiff, hörte ich,
wie er tief die Luft einzog. Ich zitterte vor Empörung
und Kälte. Der Regen lief mir in den Kragen und den
Rücken herunter. Als der orange Mann seinen Kopf wieder senkte, ohne mir Beachtung zu schenken, packte ich
ihn am Arm. Der hatte wirklich zu viel gesoffen, und ich
befürchtete, dass er sich auf meine arme Hedwig übergab.

Da erst drehte er den Kopf zu mir und stutzte, aber
nur für den Bruchteil einer Sekunde. „Dat isn Notfall, du
Döspaddel!", schrie er mich an.

Erstaunt wich ich zurück. Jetzt sah ich, was der Mann
tat: Er machte Mund-zu-Mund-Beatmung an Hedwigs
Ventil – da, wo ich vor Jahren nach dem Schaden den roten Flicken aufgebracht hatte, der wie ein Mund aussah!
Dann begann der Mann auch noch eine Art Herzdruckmassage, indem er mit den Händen wie wild geworden
auf Hedwigs Schläuchen herumpumpte. Es fiel mir wie
Schuppen von den Augen.

„Hör auf damit, das ist ein Boot!" Ich versuchte, ihn
von Hedwig wegzuziehen, aber der Mann war schwer
und offensichtlich auch dickhäutig wie ein See-Elefant.
Er ließ sich überhaupt nicht wegbewegen. Stattdessen

stemmte er sich mit seinem ganzen Gewicht wieder auf Hedwig, so dass ich Angst bekam, ihre Gummihaut würde unter seiner Wucht platzen.

„Hol den Krankenwagen, mok schnell!", rief er, wohl in echter Sorge, mir zu, als er kurz Luft holte.

Das wurde mir jetzt wirklich zu blöd! Hatte der denn so viel getrunken, dass er immer noch nicht kapierte, was er beatmete? Wenn es nicht um mein eigenes Boot gegangen wäre, hätte ich dieses Schauspiel vermutlich nur laut lachend beobachtet. Aber als Hedwigs verzweifelter Besitzer musste ich etwas tun. Wir zwei waren die einzigen draußen, weil es immer noch in Strömen regnete. Also lief ich zur Kneipe und stellte mich, klatschnass vom Regen, vor den Tisch mit den orangen DLRG-Männern, die mittlerweile „What shall we do with the drunken sailor" grölten.

„Meine Hedwig, äh, mein Schlauchboot wird von Ihrem Kumpel beatmet! Sie müssen mir helfen!", brüllte ich wütend gegen diese verrückten Einheimischen an. In diesem Moment wünschte ich mir, ich könnte meinen Hilferuf auf Plattdeutsch absetzen. Hochdeutsch schienen die Kerle nicht zu verstehen.

„Hooray, and up she rises, hooray, and up…" Erst jetzt bemerkte einer der Kameraden, der auf mich noch den nüchternsten Eindruck machte, wie ich ungeduldig von einem Bein aufs andere hüpfend mit den Armen fuchtelte, und hielt inne.

„Wat het he seggt?"

„Dat war Gebärdenspraak, hevt dat nich sien?"

„Der is nich von hier, wa?

„Meine Hedwig, nein, ich meine… ach, kommen Sie schnell und sehen Sie selbst!"

Ich machte vermutlich einen sehr hilflosen Eindruck, denn die Männer sprangen nun endlich auf und folgten mir zu Hedwig und ihrem Möchtegern-Lebensretter.

„Henning, was`n mit dir los?"

Der See-Elefant namens Henning, der sich gerade noch beatmend und Herzdruckmassage ausübend auf Hedwig gestemmt hatte, saß jetzt wie ein Häufchen Elend neben ihr und schluchzte.

„Sie is mausedoot, ich bin zu spät gekommen!" Der Ernst in seiner Stimme verblüffte mich. Jetzt weinte Henning richtig. Einer seiner Kollegen kniete sich neben ihn und nahm ihn in den Arm.

„Henning, dat is doch nur`n Boot. Bist ne olle Heulboje!"

Da konnten sich die anderen nicht mehr halten und wieherten los.

„Dat vertell ich meiner Alten, dann weet dat morgen dat ganze Eilun, dat Henning dat Schlauchboot retten wült."

Die Männer hakten den aufgelösten Henning unter. Schwankend und wieder „What shall we do with the drunken sailor" grölend zogen sie von dannen. Ich lauschte ihnen benommen nach, bis der Wind und die Wellen den letzten Refrain verschluckten.

Erschöpft sank ich neben Hedwig auf die Knie und besah mir das Unglück: Ihre drei Luftkammern lagen schlaff und kraftlos im Sand. Hedwigs geplatzte Nähte starrten mich an. So schrumpelig wirkte sie zum ersten

Mal richtig alt auf mich. Sie hatte unter der Wucht dieses See-Elefanten kapituliert. Ich nahm Hedwig in die Arme und wurde selbst zur Heulboje; über mir weinte auch der Himmel – Rotz und Regen tropften auf mein totes Boot. All die innigen Jahre unserer Beziehung zogen an mir vorbei. Hedwig war nicht mehr, und ich würde mein Lebtag keinen Fuß mehr auf diese verrückte Insel setzen. Was würden diese Idioten als nächstes im Alkoholrausch wiederbeleben? Surfbretter, vergessene Strandmatten, Strandmuscheln oder gar Badelatschen?

Frieda

Christiane Wachsmann

Heute abend: die Oper.

Sie war sich nicht sicher, was gegeben wurde – Wagner? Lortzing? Womöglich dieser schreckliche Berg?

Auf jeden Fall brauchte sie die andere Handtasche, die weiche, beigefarbene, mit den Perlen. Die andere passte nicht zu dem hellen Mantel.

Wenn sie jetzt nur wüsste, wann Hugo kam. Er musste noch etwas erledigen. Hatte sie zurückgelassen hier in diesem – Hotelzimmer. Das Frühstück hatte man ihr aufs Zimmer gebracht. Es war etwas dürftig gewesen.

Frieda stellte die beiden Taschen nebeneinander. Das Mäppchen mit den Taschentüchern, die Puderdose, das Portemonnaie – Sie musste nachsehen, ob noch genug Taschentücher da waren. Nein. Im Badschrank waren frische. Die mussten sorgfältig gefaltet werden, um in das Mäppchen zu passen.

Klick, machte es, als es zuschnappte.

Das Mäppchen, das Portemonnaie, die Puderdose – Wo waren die Schlüssel? Die Schlüssel waren immer in der Handtasche, sie mussten in der Handtasche sein. Sie nahm die Puderdose heraus, das Mäppchen, das Portemonnaie. Keine Schlüssel. Der Schirm fehlte auch, und das Eau de Cologne. Wo hatte sie die Schlüssel nur hingelegt, auf die Kommode neben den Fernseher? Auf den Nachttisch? Sie waren doch immer in der Handtasche. Sie tat sie immer sofort wieder hinein.

Aber hier waren nur das Mäppchen, die Puderdose, das Portemonnaie – Alles andere fehlte. Das Portemonaie. Mit zitternden Fingern öffnete sie den Verschluss. Geld war noch da. Wenigstens das Geld war noch da. Die Puderdose, das Mäppchen – Wo waren die Schlüssel?

Sie waren immer in der Handtasche. Vielleicht hatte sie sie auf den Nachttisch gelegt, oder auf den Schuhschrank im Flur?

Hugo würde ungeduldig herumstehen, wenn er gleich kam, und sie hatte die Schlüssel noch nicht gefunden.

Es war doch Hugo, der sie abholen würde? Nicht Leon?

Ach was, Leon. Mit Leon war sie nie in die Oper gegangen.

Es war nur, wegen Hugo, was war mit Hugo?

Möglicherweise war etwas dazwischengekommen. Sie hatte das Gefühl, dass sie das eigentlich wissen müsste, irgendwas war mit Hugo, weshalb er nicht kommen konnte.

Also Arnhild. Sie ging mit, wenn Hugo nicht konnte.

Sie hatte sich verspätet. Oder sie hatten etwas ausgemacht, woran Frieda sich im Moment nicht erinnern konnte. Sie blickte auf die Uhr. Die Zeiger standen an verschiedenen Stellen. Einer bewegte sich, rückte ein kleines Stückchen vor. Frieda seufzte. Wie viel Uhr es wohl sein mochte? Sie würde jedenfalls noch etwas warten. Derweil konnte sie ihre Handtasche umräumen. Schirm, Eau de Cologne, die Schlüssel. Und das Portemonnaie, wo war das Portemonnaie? Und das Mäppchen mit den Taschentüchern?

Das Portemonnaie war immer in der Tasche, wo hatte sie es nur hingetan? Schirm, Eau de Cologne, Schlüssel. Das Portemonnaie war nicht da. Kein Geld.

Vielleicht hatte sie es auf den Schuhschrank gelegt? Auf den Nachttisch? Ins Badezimmer?

Es musste in der Tasche sein, sie tat es immer sofort wieder hinein – und da war es auch. In der braunen Tasche.

Wo Hugo nur blieb. Sie musste sich beeilen. Er wurde so leicht ungeduldig. Jetzt brauchte sie erst einmal die richtige Tasche. Die weiche, beige, mit den Perlen passte besser zu dem hellen Mantel. Darin waren die Puderdose, das Mäppchen mit den Taschentüchern. Mal schauen, ob noch genug Taschentücher darin waren.

Und das Portemonnaie – lag auf dem Tisch. Sie steckte das Portemonnaie in die braune Tasche. Dort waren auch die Schlüssel. Hatte sie nicht nach den Schlüsseln gesucht? Komisch. Sie waren immer in der Handtasche, sie steckte sie immer sofort wieder hinein. Erschöpft sank Frieda in den Sessel. Hoffentlich war noch etwas Zeit. Hugo war immer so ungeduldig.

Sie musste eingedöst sein, auf ihrem Sessel, in der Sonne. Hatte sie lange geschlafen? Wieder blickte sie auf die Uhr. Arnhild war noch immer nicht da. Und auch sonst niemand, um sie abzuholen.

Frieda ging hinüber zum Esstisch, auf dem jetzt das Telefon stand, und drückte auf die Tastatur des Registers. Sie wählte und wartete, schließlich ertönte das Besetztzeichen.

Frieda legte auf. Was telefonierte Arnhild, wenn sie doch eigentlich hier sein sollte und sie abholen? Es war irgendwas mit Arnhild. Genau wie mit Hugo. Sie hatten doch gesagt, dass sie kommen würden, dass irgendjemand kommen würde, um sie abzuholen. Oder nicht?

Frieda wählte erneut, und wieder kam diese Pause und dann das Besetztzeichen. Wenn sie nur wüsste, wo sie sich befand. Wie eines der Hotelzimmer, in denen sie sonst in Frankfurt übernachteten, sah das hier nicht aus. Es war ja auch eigenartig, dass der Schrank hier stand, und darin die Meißner Figuren, die in die Vitrine gehörten.

Es waren eindeutig ihre Möbel. Sie fragte sich, wo der Teppich geblieben war, der im Esszimmer an der Wand gehangen hatte. Ein Kelim, ein Hochzeitsgeschenk von Leons Eltern.

Nein, von Hugos Eltern. Hugo, ihr zweiter Mann. Leon gab es schon lange nicht mehr, seit dem Krieg.

Danach hatte sie Hugo geheiratet.

Aber der Teppich – Der Teppich war von Leons Eltern gekommen. Sie konnte Hugo fragen, wenn er denn kam, oder Arnhild. Wo blieb sie nur?

Frieda versuchte es noch einmal mit dem Telefon, es war wieder besetzt.

Ich werde mir ein Taxi nehmen, dachte sie plötzlich. Ich nehme mir ein Taxi und fahre hin. Was muss sie auch so lange telefonieren.

An der Rezeption war niemand. Suchend sah sich Frieda in der Empfangshalle um, aber dort saß nur eine alte Frau in einem karierten Kleid.

Ungeduldig klopfte Frieda mit dem Schlüssel auf die Theke. Sie wollte sich ein Taxi rufen lassen. Amselweg 10. Wirklich ein Unding, dass hier niemand kam.

Das Frühstück war ja auch recht dürftig gewesen.

Jetzt hatte die alte Frau etwas gesagt.

Aber was?

„Da ist erst um zwölf wieder jemand da", wiederholte sie.

„Erst um zwölf?"

„Sie sind neu hier, nicht wahr?"

Die Frau lächelte Frieda zu. Sie legte die Hand auf den Stuhl an ihrer Seite. „Setzen Sie sich doch."

Frieda hob das Kinn. „Ich wollte mir ein Taxi rufen lassen."

„Ein Taxi? Da brauchen sie nur hinausgehen und dann nach rechts. Am Eingang zum Park ist ein Stand. Vielleicht zweihundert Meter weit, immer den Straßenbahnschienen nach. Aber sie sind ja noch recht gut zu Fuß."

Frieda fand diese Bemerkung überflüssig. Geradezu aufdringlich. Natürlich war sie noch gut zu Fuß. Aber das ging hier niemanden etwas an.

"Amselweg?", fragte der Taxifahrer. "Wo soll das sein?"

"Dort wohnt meine Tochter", sagte Frieda.

"Amselweg, Amselweg – Da muss ich erst einmal nachfragen."

Das ging unter reichlich viel Rauschen und Knistern aus der Funkanlage vor sich. Niemand schien sich auszukennen. Frieda blickte aus dem Fenster. Schließlich wandte sich der Fahrer zu ihr um.

„Das ist aber nicht hier in Heidelberg, oder?"

Heidelberg? War sie nicht in Frankfurt?

Da hatte sie doch gedacht – Aber da waren ihre Möbel gewesen. Ihre Möbel waren nicht in Frankfurt.

„In Mannheim", sagte sie. „Soll ich Sie da jetzt hinfahren? Nach Mannheim?"

„Ja, bitte."

Es gelang ihr, sich ihre Erleichterung nicht anmerken zu lassen. Sie war erschöpft. Sie wollte heim, in ihre vertraute Umgebung. In ihre Wohnung mit dem Kelim und den Meißner Figuren in der Vitrine, und Hugos Zimmer, in dem es jetzt immer ein wenig feucht und muffig roch.

"Da wären wir", sagte der Taxifahrer nach einer Zeit, die ihr weder lang noch kurz erschienen war, die einfach nur vorbeigegangen war. Wie es Zeit manchmal tat, wenn man erst einmal ihr Alter erreicht hatte. Dreiundneunzig wurde sie im Herbst – Dort war Arnhilds Wohnung. Aber warum hatte sie die Gardinen abgenommen?

„Ich warte, bis Sie drin sind", sagte der Taxifahrer. Der zweifelnde Unterton in seiner Stimme gefiel Frieda überhaupt nicht. Sollte er nur nicht glauben, sie sei ein altes Weib, das sich in der Welt nicht mehr zurecht fand. Sie war immer noch rüstig für ihr Alter. Das hatte die Frau im Hotel sofort bemerkt.

Aber dann war es doch gut, dass er nicht gleich davongefahren war, denn auf dem Klingelschild stand ein fremder Name, und niemand öffnete.

Frieda konnte sich das nicht erklären. Wenn Arnhild die Gardinen abgenommen hatte, war sie vielleicht zur Reinigung gefahren. Vielleicht hatte es Sinn, noch zu warten. Aber dieser Name? Wieso stand dort dieser Name? Und was war mit der Oper?

Jetzt hatte der Taxifahrer etwas gesagt, o Gott, und sie hatte nicht zugehört.

Er wiederholte seine Frage: „Wohin jetzt?"

Kalter Schweiß brach ihr aus. Wohin jetzt? Sie hatte keine Ahnung. Wenn er es nicht wusste – Wer dann?

Im letzten Moment fiel ihr die Adresse ein. Das Auto setzte sich in Bewegung.

Er hatte sein Angebot zu warten nicht wiederholt, aber das war auch nicht notwendig. Sie war froh, dass sie ihn endlich los war, diesen Taxifahrer.

Und außerdem war sie jetzt zuhause. Endlich wieder zuhause. Sie war froh, dass sie den Schlüssel nicht an der Rezeption abgegeben hatte.

Sie begann, die Stufen hinaufzuklettern. Zum Glück gab es dieses seitliche Geländer, an dem sie sich hochziehen konnte. Waren sie schon immer so steil gewesen, diese Stufen? Nach drei Schritten musste Frieda eine Pause machen, und dann noch einmal, und dann stand sie auf dem Podest vor der Tür und wünschte sich nichts sehnlicher als eine Sitzgelegenheit. Mit aller Kraft klammerte sie sich am Geländer fest.

Endlich ließ der Schwindel nach. Die Haustür war nicht richtig geschlossen. Das waren die jungen Leute von oben. Nie achteten sie darauf, die Haustür ins Schloss zu ziehen. Frieda kramte den Schlüssel hervor und ging hinüber zu den Briefkästen. Vergeblich versuchte sie, den Schlüssel ins Schloss zu bringen, so sehr zitterte ihre Hand.

Ich werde mich erst einmal hinlegen, dachte Frieda. Nach all den Strapazen. Doch auch die Wohnungstür wollte sich nicht öffnen lassen, so sehr sie sich bemühte.

Was war das überhaupt für ein Schlüssel, so sah doch ihr Schlüssel nicht aus? Das war ja der Schlüssel aus dem Hotel. Sie hatte den falschen Schlüssel an der Rezeption abgegeben. In Frankfurt. Sie hatte den ganzen weiten Weg zurückgelegt, hatte es geschafft, hierherzukommen, sogar die Stufen hinauf, und jetzt hatte sie den falschen Schlüssel.

Aber das konnte nicht sein. Das hier war ihr Schlüssel. Der Schlüssel aus der Handtasche. Sie tat ihn immer sofort wieder hinein.

Während sie noch ein weiteres Mal probierte, den Schlüssel ins Schloss zu stecken, öffnete sich die Tür.

Einen Moment standen sie sich stumm gegenüber.

Dann sagte Finchen: „Tante Frieda. Wie kommst du denn hierher?"

„Aber Ruth sagst du nichts davon."

Finchen lächelte unbestimmt.

"Es ist ganz unnötig, sie damit zu belasten", sagte Frieda.

Finchen konnte nicht Auto fahren, glücklicherweise. Aber Ruth! Sie würde mir nichts, dir nichts, kommen und Frieda zurückverfrachten in dieses Altenheim, in dem man sie untergebracht hatte. In dem Ruth sie untergebracht hatte.

So eine war Ruth, rücksichtslos und dominant und auf nichts als ihre Bequemlichkeit bedacht. Da hatte sie dieses große Haus, aber für sie, Frieda, für ihre eigene Mutter, war dort kein Platz.

Sie brachte man ins Altenheim, und bediente sich bei ihren Möbeln. Den Bauernschrank im Flur zum Beispiel.

Finchen sollte nur nicht meinen, sie hätte ihn nicht bemerkt, den Bauernschrank.

Den sie zusammen mit Arnhild gekauft hatte, nach Hugos Tod. Frieda kniff die Augen zusammen und blickte sich um.

Finchen hatte die Einrichtung verändert. Das meiste war ihr eigenes Zeug, nicht weiter bemerkenswert, aber das Regal dort gehörte eindeutig ihr. Sie hatten sich großzügig bedient, allesamt.

Da brachte Finchen den Tee.

„Ruth hat sich nie viel aus mir gemacht", sagte Frieda. „Schon als Kind hatte sie diese merkwürdige Unabhängigkeit. Ja, wenn Arnhild noch lebte."

Finchen hatte sich auf der anderen Seite des Tisches niedergelassen und nippte an ihrem Tee.

„Sie hätte sich gekümmert", fuhr Frieda fort. „Da müsste ich nicht erst anrufen und sagen, dass es mir schlecht geht. Sie ist immer da gewesen, wenn ich sie brauchte, nach Hugos Tod. Sie hätte nie jemanden geschickt, der sich hier in alles einmischt, vom Pflegedienst. Wildfremde Leute. Was sollte ich denn mit denen anfangen?"

Finchen stieß einen Seufzer aus.

„Es ist ja nicht viel, was ich verlange", sagte Frieda. „Nur ein Besuch, ab und zu, und ein bisschen Hilfe beim Einkaufen. Und niemand, mit dem ich reden kann. Den ganzen Tag bin ich allein. Die alten Leute dort, was kann man sich mit denen groß unterhalten. Die reden immer das Gleiche, nach fünf Minuten haben sie vergessen, was sie gesagt haben und fangen wieder von vorne an. Sie reden über nichts als sich selbst, jammern über ihre Kinder, das Essen – Heute Morgen das Frühstück zum Beispiel –" Irritiert hielt Frieda inne. Das Frühstück. Hatte sie überhaupt gefrühstückt? Sie konnte sich nicht erinnern. Und auch zum Mittagessen war sie nicht unten gewesen. Zumindest wusste sie nicht, was es gegeben hatte. Blumenkohl? Ja, Blumenkohl, wahrscheinlich. Sie kochten ihn immer zu lange, alles kochten sie zu lange. Ihre Zähne waren ausgezeichnet. Sie hatte noch immer ihre eigenen Zähne, und dabei würde sie dreiundneunzig Jahre alt werden, kommenden Herbst.

Jetzt hatte Finchen etwas gesagt. Was hatte Finchen gesagt? Warum saß sie dort auf dem Sofa, auf der Sofakante vielmehr, und blickte so zu ihr herüber?

„Du hast doch Ruth nicht angerufen?"

Finchen schüttelte den Kopf.

„Sie würde mich wieder dorthin zurückbringen", sagte Frieda. „Aber mein Zuhause ist hier. In dieser Wohnung, in dieser Stadt. Hier wissen die Leute, wer Hugo war.

Dort haben sie keine Ahnung. Ruth kümmert sich nicht richtig. Dabei ist nicht viel, was ich verlange. Nur ein Besuch, ab und zu, ein gemeinsamer Spaziergang. Sie stellt mich ja nicht einmal richtig vor. Sie sagt immer: Frau Thälmann. Den Titel lässt sie einfach weg. Wir waren schließlich verheiratet, Hugo und ich – Hat es geklingelt?"

Finchen machte Anstalten, sich zu erheben.

„Aber Ruth hast du nichts gesagt."

Weg war sie, ohne eine Antwort, und dort war auch schon Ruth. Kam herein in einer kühlen Brise, und um ihren Mund herum war dieser ärgerliche Zug.

„Es gibt keine andere Lösung, Mama. Du musst Geduld haben. In ein paar Wochen hast du dich bestimmt eingelebt."

Frieda starrte durch die Windschutzscheibe nach draußen, in die helle Sonne. Die Augen schmerzten, aber sie blinzelte nicht.

„Schau, dort hast du doch wenigstens Gesellschaft. Du bist nicht so allein wie in deiner Wohnung, kannst dich beim Essen mit den anderen unterhalten. Und wenn es dir einmal nicht gut geht, ist sofort jemand da. Ich könnte mich gar nicht so intensiv um dich kümmern. Es ist die beste Lösung."

Frieda starrte weiter geradeaus. „Am besten legst du dich gleich hin. Ich werde unten Bescheid sagen, dass sie dir das Abendessen aufs Zimmer bringen."

Und die Oper, was war mit der Oper?

Wenn sie wieder ihre Migräne bekam, würde sie nicht gehen können. Hugo würde höchst ungehalten sein – Hugo. Der war auch schon tot.

„Ich finde es nicht fair von dir, Josefine unter Druck zu setzen. Sie ist selbst nicht mehr die Jüngste. Was hast du dir dabei gedacht, einfach dorthin zu fahren?"

Die Schmerzen nahmen zu. Sie setzten sich fort von den Augen zu den Ohren, wo sie zu einem Rauschen wurden, und einem Schwindel, der das Auto schwanken und die Bäume zu ihrer Rechten auf sie zufliegen ließ.

„Sie ist ein solches Schäfchen", sagte Ruth mit einem Lächeln in der Stimme. „Sie hat sich immer vor dir gefürchtet."

Der Motor brummte, der Blinker tickte. Ruth steuerte die Ausfahrt entlang.

„Es ist nicht schön, so alt zu werden", sagte Frieda. "Gar nicht schön."

„Sei froh, dass du gesund bist", sagte Ruth. „Es gibt viele, die dich darum beneiden würden."

„Alle sind fort", sagte Frieda. „Es ist keiner mehr da, mit dem man reden kann."

„Du hast uns", sagte Ruth. „Ich komme einmal in der Woche, deine Enkelkinder besuchen dich. Und was ist mit den anderen Leuten im Heim?"

„Es gibt niemanden mehr, den ich fragen kann", sagte Frieda. „Niemanden, der sich an Leon erinnert, an die Zeit, als Arnhild noch klein war. Es gibt niemanden mehr. Alle sind tot."

„Da wären wir. Ich bringe dich noch schnell hinein."

Ruth ging um das Auto herum, beugte sich über Frieda, um den Gurt aufzumachen, reichte ihr die Hand und zog sie aus dem Sitz. Von der Ecke her kreischte die Straßenbahn, und das Sonnenlicht war noch immer unerträglich hell. Frieda hatte Mühe, ins Gleichgewicht zu kommen.

„Alles in Ordnung?", fragte Ruth. „Lass uns hier über den Zebrastreifen gehen. Warte, bis die Autos vorbeigefahren sind. Pass auf, dort kommt die Straßenbahn."

„Und heute abend?", fragte Frieda.

„Heute abend komme ich nicht. Ich habe schon genug Zeit verloren mit dieser Aktion."

„Heute ist Mittwoch", sagte Frieda. „Du hast gesagt, wir gehen jeden Mittwoch zusammen aus."

„Herrgott, Mama. Wie oft soll ich es noch sagen. Wir haben abgemacht, nach Möglichkeit – Mama!"

Dort kam die Straßenbahn, die Schienen blitzten in der Sonne. Kam herangesaust mit Gebimmel und Rädergekreisch, und sie hörte Ruth, die schrie, und dachte: Jetzt. Schwindeln. Sich fallen lassen. Ein Schlag, Blut überall, der Körper ein regloses Bündel, Schreie, entsetzte Gesichter – Sie fühlte sich am Arm gepackt und zurückgezogen. Das Kreischen der Bremsen erstarb. Leise summte die Bahn vorbei, nur ein Luftzug streifte sie, und in ihrem Mund schmeckte Frieda Metall.

Der kubanische Rennfahrer

Beate Quester-Brüning

In Heathrow gestrandet, verfluchte ich meine Firma, die mir kein Business-Ticket inklusive Zugang zur Lufthansa Lounge gegönnt hatte. Die Abflugtafel zeigte drei Stunden Verspätung für den Anschlussflug nach New York an. Der Schneesturm, der seit dem späten Nachmittag über England tobte, hatte den Flugverkehr lahmgelegt. Schlecht gelaunt versuchte ich, in der überfüllten Wartehalle einen Sitzplatz zu finden, um die Wartezeit zum Herumfeilen an einer Präsentation zu nutzen. Schließlich quetschte ich mich zwischen eine dicke Matrone, die mit wulstigen Fingern in einer Taschenbuchausgabe von *Shades of Grey* blätterte, und einem hageren Greis mit südländischem Teint, schelmisch zerfurchtem Gesicht und grauem Schnauzbart. Während die Frau, die eine Geruchswolke von Schweiß und billigem Parfüm verströmte, sich mit empörtem Blick von mir abwandte, nickte der Alte, dessen zerknitterter, aber sauberer Leinenanzug schon bessere Tage gesehen hatte, mir freundlich zu. Trotz der Enge versuchte er, noch ein paar Millimeter Platz zu machen. Ich packte meinen Laptop aus, balancierte ihn auf den Knien und bediente mit krampfhaft angewinkelten Armen die Tastatur.

Der Alte linste neugierig auf den Monitor. „Sie sind Deutscher?", fragte er in einem Englisch, das die Herkunft des Sprechers aus dem spanischen oder portugiesischen Sprachraum nahelegte.

„Ja", antwortete ich kurz angebunden. Eingequetscht wie eine Ölsardine in ein Gespräch mit einem Fremden verwickelt zu werden war das Letzte, was ich jetzt wollte.

„Deutschland ist gut", fuhr der Alte unbeirrt fort, „sehr gut. Tolle Rennfahrer. Sebastian Vettel und Michael Schumacher und vor allem Graf Berghe von Trips. Der war der Held meiner Jugend. Ein echter Draufgänger, bis er diesen Unfall hatte. Aber Sie kennen die tragische Geschichte sicherlich."

Ich versuchte, den geschwätzigen Sitznachbarn zu ignorieren und hämmerte weiter auf dem Laptop herum.

„Der Graf war der beste. Wie er damals in Zandvoort ins Ziel fuhr! Wissen Sie, ich stamme ursprünglich aus Kuba, und dort gibt es keine berühmten Rennfahrer. Schon als Kinder träumten mein Bruder José und ich davon, die ersten kubanischen Formel-1-Sieger zu werden." Leise lachte der Mann vor sich hin.

„Soso", murmelte ich, mit zusammengekniffenen Augen meine Folien fixierend.

„Wir reparierten und tunten ausrangierte, schnelle Autos. Sie glauben gar nicht, was man aus denen noch alles herausholen konnte. Und wir fuhren Rennen. Illegale Rennen auf einsamen Landstraßen. Irgendjemand organisierte sie, der Ort und die Zeit wurden an den Tankstellen und in den Bars von einem zum anderen weitergegeben, und schließlich warst du dabei. Was war das für ein Geruckel, Hitze und Staub, die Reifen stanken und die Autos fielen fast auseinander."

Wieder lachte der Kubaner. Es war nicht unangenehm, sondern ein leises, in der Erinnerung verhallendes Glucksen mit einer Spur von Traurigkeit.

„Also Autorennen." Ich fühlte mich verpflichtet, etwas zu erwidern.

„Tja, und dann kam der Tag, an dem mein Bruder die Felsen hinunterraste. Er überschlug sich mehrmals und war wohl tot, bevor er im Meer aufschlug", fuhr der Alte im Plauderton fort.

Irritiert starrte ich ihn an. „Das muss doch schrecklich für Sie gewesen sein", entfuhr es mir, verwirrt von dem Gleichmut, mit dem der Alte von dem furchtbaren Unfall erzählte.

„So war das eben." Er machte eine wegwerfende Handbewegung. „Das größte Rennereignis in unserem Distrikt stand an. Nur die besten Teams durften daran teilnehmen, und José und ich gehörten in diesem Jahr dazu. Wir hatten wochenlang an dem Auto herumgeschraubt. Es war ein alter Porsche, für den ich einen Monat umsonst bei einem Schrotthändler geschuftet hatte. Wir steckten unser ganzes Geld in Ersatzteile und Benzin. Bei der Arbeit hatte ich mir den Arm gebrochen. Deswegen war José als Fahrer gesetzt. Er trainierte jeden Tag nach Feierabend wie ein Besessener. Wir arbeiteten gemeinsam an der Maschine, besprachen die Streckentaktik, und bis spät in die Nacht diskutierten wir und redeten nur von diesem einen Rennen. Zehn Autos sollten an den Start gehen, starke Gegner, die aus ganz Kuba kamen: Pico Mancheras, Silvio Cappo und sogar Ricardo Mella, der später nach Amerika auswanderte und dort Touring-

Car-Rennen fuhr. Ein toller Fahrer, furchtlos, mutig und mit einer wahnsinnigen Kurventechnik. Ja, und dann war da noch José, mein Bruder."

Der alte Mann räusperte sich. Sein Gesicht nahm einen abgeklärten Ausdruck an, so fern und verträumt, dass ich befürchtete, er würde nicht in der Lage sein, weiter zu erzählen. Ich klappte den Laptop zu, und es machte fast den Eindruck, als ob ihn das Klacken wieder in die Wirklichkeit zurückbrachte.

„Und schließlich starteten sie", fuhr er fort. „Es war der heißeste Tag des Sommers. Die Autos wirbelten so viel Staub auf, dass man zuerst überhaupt nichts mehr sehen konnte und sich die Augen reiben musste. Dann schossen sie auf den Steilhang zu, nahmen die Kurve landeinwärts, um beim nächsten Dorf links abzubiegen. Bei der Tabakfabrik krümmte sich die Strecke erneut nach links, und so würden sie hinter uns wieder auftauchen. Fünf Runden waren ausgemacht. Wir, die Zuschauer, schlossen Wetten ab und warteten dort zwischen verdorrten Feldern und vertrockneten Büschen mit erhitzten Köpfen auf das Wiederauftauchen der Wagen. Die erste Runde – Pico lag vorne, direkt gefolgt von Ricardo. Zuerst befürchtete ich, José würde gar nicht mehr kommen, doch da brauste er heran, überholte Sebastiano kurz vor der Startlinie, zischte an uns vorbei, und schon waren sie alle wieder außer Sichtweite. In den nächsten zwei Runden kämpfte sich José verbissen und beharrlich an die Führungstruppe heran. Ich war so stolz auf ihn! Jubelnd verfolgte ich jeden Meter, den er gewann. Die vierte Runde war beendet, und er lag fast gleichauf an der Spitze mit Ricardo Monza. Es war unfassbar! Als die Autos mit jaulenden Motoren vorbeirauschten und uns in eine dicke Sandwolke hüllten, sprangen alle in die Luft und schrien. Ich spürte überhaupt nicht, dass ich mit meinem Gipsarm gegen ein Verkehrsschild schlug und der Gips auseinanderbrach. Es schmerzte nicht, ich war wie im Rausch und dachte nur an José!"

Die Augen des alten Mannes funkelten erregt. Er klatschte so heftig mit den Händen auf seine Oberschenkel, dass mein Laptop ins Wanken geriet und nur ein rascher Griff der dicken Sitznachbarin ihn vor dem Absturz rettete. Ich vergaß, mich zu bedanken, da der Alte mit seiner Schilderung fortfuhr.

„Nie war José so gut wie an diesem Tag, noch nie hatte er so eng die Kurven genommen. Er rückte immer weiter vor, ließ sich nicht abdrängen, ja wirklich, er fuhr wie ein Gott!"

Ein Hustenanfall unterbrach den Redefluss des alten Mannes, und ich musste meine Ungeduld, den Fortgang der Geschichte zu hören, zügeln.

„Sie waren nicht mehr zu sehen." Die Stimme des alten Mannes krächzte bedrohlich. „Wir drehten uns um und starrten gebannt in die Ferne. Es herrschte eine angespannte Stille. Noch nie war mir die Zeit so lang erschienen, dort, unter der flimmernden Sonne in diesem trostlosen, verdorrten Niemandsland. Da näherte sich wieder leises Motorheulen. Schwarze fliegengroße Punkte vibrierten am Horizont, wurden größer, gelbe Staubwolken brausten heran, das Heulen zerbarst dir fast das Gehirn – und ja, José war vorne, mein Bruder, dieser Teufelskerl, raste als Erster übers Ziel. Nichts hielt mich mehr. Ich rannte hinter seinem Auto her und konnte es kaum fassen – José hatte gewonnen! Es war das beste, das allerbeste Rennen seines Lebens!"

Überrascht zuckte ich zusammen. „Aber Sie erwähnten doch vorhin, dass Ihr Bruder bei diesem Rennen einen Unfall hatte!"

Der alte Mann redete weiter, als ob er meinen Einwand nicht gehört hatte. „José fuhr weiter, immer weiter und bremste nicht, obwohl das Rennen vorbei war und er gewonnen hatte und alle anderen schon wendeten und zum Startplatz fuhren. Er nahm auch die Kurve nicht, nein er fuhr weiter, immer weiter, bis das Auto über die Klippen sprang. Ich rannte hinter ihm her und schrie und schrie, aber wie sollte er mich hören? Als ich die Klippen erreichte, sah ich den Wagen aus den Meereswogen ragen, so zerbeult, so zerrissen." Erneut zuckte der alte Mann mit den Achseln. „Ich habe mich oft gefragt, was eigentlich passiert war. Hatten die Bremsen versagt? Nein, das konnte nicht sein, Jose hätte wenigstens versucht, noch die Kurve zu fahren, das hätte er geschafft. Nein." Der alte Mann ließ die Schultern hängen. Mit müdem, traurigem Blick sah er mich an. „Wissen Sie, was ich glaube, was geschehen ist?"

Gespannt wartete ich auf seine Erklärung.

„José muss geahnt haben, dass er nie wieder so gut fahren und solch einen Erfolg haben würde. Formel 1, das würde ein Traum bleiben, ein Kindertraum armer junger Männer. Aber dieses Rennen, das war die Wirklichkeit. Und was sollte danach noch kommen?"

Eine Lautsprecheransage verkündete, dass der Flug 2075 nach Havanna nun zum Boarding bereit wäre.

Der alte Mann erhob sich ächzend. Nachdenklich sah er mich an.

„Wissen Sie", sagte er, „wir hatten kein Geld und auch nicht viel zu erwarten. Schauen Sie mich an. Vor zwanzig Jahren habe ich Kuba den Rücken gekehrt, weil ich hoffte, dass es mir woanders besser gehen würde. Ich habe hier in England hart gearbeitet, sogar meine Schulabschlüsse nachgeholt und studiert. Trotzdem sahen alle auf mich herab. Meine Frau hat mich verlassen, und meine Kinder wollen nichts mehr von mir wissen. Jetzt kehre ich zurück nach Kuba. Und glauben Sie mir: Dort werde ich mich an die Rennpiste stellen und an diesen Tag erinnern, und diese Erinnerung an Josés Sieg wird das Aufregendste und Schönste bleiben, was mir in meinem Leben passieren kann."

Er nickte mir zum Abschied zu, dann drehte er sich um, verschwand in der Menge und ließ mich alleine grübelnd im Trubel der Wartehalle zurück.

James

Heidrun Heil

Den ersten Schokoriegel bekam James von seiner Mutter in den Mund geschoben, als er acht Monate alt war. Sie gönnte sich gerade selbst eine ganze Packung Fudges, die sie genüsslich verschlang. James sah zu goldig aus, wie er die Zunge immer wieder nach vorn schob, während er schmatzte. Bald waren die Zähnchen von der schmelzenden Schokolade dunkelbraun. Speichelfäden liefen dem Kleinen die Mundwinkel hinunter. Es schien James zu schmecken, so dass seine Mutter noch einige Schokostückchen hinterherschob.

Im Alter von zwei Jahren wog James dreißig Kilo und naschte sich durch den Tag. Weil er so schön brav war, wenn er sich die Schokolade oder Weingummis auf der Zunge zergehen ließ, sorgte seine Mutter immer für Nachschub.

Joyce war alleinerziehend. Ihr Mann hatte sie vor Jahren sitzen lassen und zahlte keine Alimente. Zum Glück konnte Joyce James überall mit hinnehmen, selbst in den Supermarkt, in dem sie als Kassiererin arbeitete. Dort saß der Kleine in seinem Hochstühlchen stundenlang in der Nähe der Kasse. Wenn er zu quengeln begann, gab es ja immer noch die vielen süßen Wohltaten, deren bloße Namen bei James schon Speichelfluss auslösten. Er kannte sie als Zweijähriger alle: Cadbury Chocolate, Huntingdons, Marshmallows, Super Wobbly Double Chocolate Fudge von Killburn, und nicht zu vergessen die besonders köstlichen Hershey's Kisses. Für James war die Welt ein einziges Schlaraffenland mit Leckereien, die auf dem Weg zum Magen Wohlgefallen auf der Zunge auslösten.

Erst im Alter von vier Jahren erhob sich James aus dem Vierfüßlerstand und begann zu laufen. Und dies eigentlich auch nur aus der Not heraus: Seine Mutter hatte ihn für ein Stündchen allein gelassen in der Wohnung. Sie wusste ja, dass er sich in seiner Ecke neben dem Fernseher kaum rühren würde, wenn nur genug Gummidrops um ihn herum lagen. An diesem Tag jedoch war sein Verlangen unbändig, so dass James schon nach einer halben Stunde kein einziges Mundstopferchen wie seine Mutter sie nannte, mehr vorfand. Also musste er es irgendwie bis zum Schrank in der Küche schaffen, in dem seine Mutter immer die Vorräte aufbewahrte. James krabbelte auf allen Vieren, seine Ärmchen drohten unter dem Gewicht seines massigen Körpers einzuknicken. Mit wundgescheuerten Knien, völlig außer Atem und nach Luft japsend, erreichte James eine gefühlte Ewigkeit später die Küche. Der Griff der Schranktür befand sich allerdings unerreichbar für ihn über dem Kühlschrank. Unterzuckert und heftig schwitzend zog sich James mit letzter Kraft am Griff des Kühlschranks hoch, er begann zu schnaufen, denn seine Armmuskeln mussten immerhin schlappe 45 Kilo in die Höhe hieven. Als seine Füße endlich mit der ganzen Sohle auf dem Boden standen und er sich aufgerichtet hatte, stellte er verwundert fest, dass sie seinen Körper trugen. James schwankte zwar noch ein paar Mal hin und her, aber er stand. Von nun an war es leicht, all die Köstlichkeiten aus dem oberen Schrankfach herauszuholen. Seine Mutter, die ihm bisher immer sämtliche Süßigkeiten angereicht hatte, brauchte er nun nicht mehr.

Weil das Leben mit ihrem Sohn Unsummen verschlang und ein großes Loch in die Haushaltskasse riss, hatte Joyce einen zweiten Job angenommen: Nachts füllte sie Regale in einem Lager.

Mit sieben wurde James eingeschult – ein bisschen spät zwar, aber Joyce fand ihn vorher noch nicht reif genug für den Kontakt mit Gleichaltrigen. Er hatte ja bisher sein Dasein in Hochstühlchen und später zwischen Küche und Wohnzimmer gefristet. James' Wortschatz beschränkte sich auf „gut, süß, köstlich, schmeckt nicht" (was es eigentlich nie gab, denn seine Mutter sorgte schon für passende Nahrung) oder „mehr". Aber es kamen auch Dreiwortsätze vor wie „Hab Hunger, mehr!", „Muss rülpsen, tschuldigung" oder „Danke, super lecker".

James hatte keine Freunde. Dabei war er ein geselliges Kerlchen. Gleich am ersten Schultag strahlte er seinen Banknachbarn Benjamin an, wickelte ein Cadbury's Shaky Bubble Super Delight aus der Folie und schob es ihm freudestrahlend in den Mund. Der konnte gar nicht so schnell protestieren, denn dies passierte innerhalb von Sekunden. Ja, James war ein richtiger Auswickelkünstler. Selbst das komplizierteste Bonbon-Papier war vor ihm nicht sicher: An seinen Inhalt gelangte James garantiert immer. Benjamin glotzte diesen merkwürdigen Jungen nur an, kaute und schluckte. James nickte ihm aufmunternd zu: „Lecker, hm?" Dabei lächelte sein großer Mund freundlich von einer fettig glänzenden Schwabbelbacke zur anderen, dass Benjamin, dessen Ekel vor James wie die Süßigkeit in seinem Mund dahinschmolz, entwaffnet zurücklächelte. Diese gute Laune war einfach ansteckend.

James hatte schnell einen besonderen Status in der Klasse: Täglich versorgte er seine dreiundzwanzig Freundinnen und Freunde mit leckeren Köstlichkeiten. Für ein Lächeln tat er alles, sogar die Lehrerin Mrs. Hobbs war angetan, obwohl James kaum je einen Wortbeitrag lieferte. Aber er thronte auf seinem Stuhl, und seine dicken Backen schimmerten rosa wie Strawberry Heart Cupcakes. Irgendwie verbreitete dieser hässliche Junge gute Laune, ohne dass Mrs. Hobbs genau sagen konnte, woran das lag.

In der dritten Klasse zerbrach eines Tages der Holzstuhl unter James. Auslöser war ein heftiges Niesen, das ihn schüttelte. Davor hatte er sich gerade noch eine saure Schlange in den Mund gestopft, so dass die Zitronenbestäubung in seine Nase gelangte und den Niesreiz auslöste. Mrs. Hobbs war mittlerweile nicht mehr so nachsichtig mit James, weil der Schularzt sie wegen der vielen Kinder mit Übergewicht in ihrer Klasse angesprochen hatte: Wenn er alle zugenommenen Kilogramm aller Kinder in diesem einen Jahr zusammenrechnete, kam er auf die stattliche Zahl von siebzig. Davon gingen allein vierzig Kilo auf das Konto eines einzigen Kindes, nämlich James.

„Hundert Kilo, verehrte Kollegin, bei einem Drittklässler!" Der Arzt schüttelte sich voller Ekel. „Haben Sie denn gar keinen Einfluss auf die Mutter?"

Und nun passierte auch noch dieser Unfall mit dem zerbrochenen Schulstuhl! Mrs. Hobbs drehte sich von

der Tafel weg, an der sie gerade für James viel zu kompli-
zierte Rechenaufgaben löste, und stemmte die Hände in
die Hüften. James zappelte wie ein hilfloser Käfer am
Boden, er fuchtelte mit seinen speckigen Armen in der
Luft, ohne auch nur ein Wort zu sagen, ein formloses
Wesen ohne Körperspannung. Das war zuviel für Mrs.
Hobbs.

„Kinder, helft unserem Dickerchen doch endlich aufzustehen!" Hatte sie Dickerchen gesagt? Mrs. Hobbs biss
sich verlegen auf die Lippe.

Erst jetzt rührten sich die Schulkameraden, die faszi-
niert um das Spektakel am Boden herumgestanden hatten. Mit Hilfe von sechs Jungen gelang es, den schnaufen-
den James aufzurichten. Schweißperlen standen auf seiner
Stirn, während sie hinten von seinem Stiernacken hinab
in den Hemdkragen liefen. Mrs. Hobbs benachrichtigte
James' Mutter, die nach einer Stunde abgehetzt von der
Arbeit und mit sorgenzerfurchter Stirn in der Klasse ein-
traf. James hatte es sich in der hinteren Ecke des Klassenzimmers auf dem Fußboden bequem gemacht, nachdem
Mrs. Hobbs ihm einen weiteren Schulstuhl verweigert
hatte. Dieser Junge sprenge einfach alles, das sagte sie
auch zu seiner Mutter, den Stuhl müsse sie natürlich er-
setzen. Joyce hatte Tränen in den Augen, als sie sich zu
ihrem Sohn hinunterbeugte. James sah auch ziemlich
traurig aus, wie er da mit seiner leeren Packung saure
Schlangen in der Ecke hockte. Schnell schob sie ihm die
neueste Sorte aus dem Supermarkt, Heaven's Delight von
HubbaBubba, in den Mund. James' Augen begannen zu

leuchten. Joyce lächelte auch. So liebte sie ihren Buben. Da konnten die anderen sagen, was sie wollten.

In der fünften Klasse wurde James wegen beginnender Arthrose in Knien und Hüfte vom Schulsport ganz befreit und bekam einen Rollstuhl. Joyce hatte zusätzlich zu ihren Jobs in Supermarkt und Lager eine Exklusiv-Vertretung für den Vertrieb von französischen petits gateaux angenommen. Sie verdiente damit genug, aber die viele Arbeit mit zu wenig Schlaf hatte aus der anfänglich properen Joyce eine knochige, verhärmte Frau mittleren Alters gemacht.

James hingegen blühte weiter auf, er wuchs und gedieh in alle Richtungen. Es war ja auch zu schön, wenn die eigene Mutter wieder anfing, ihm die Zuckerle anzureichen, weil er seinen Arm, der wie der eines Michelin-Männchens aussah, kaum noch anheben konnte. Füttern war wieder angesagt, und James genoss es in vollen Zügen.

„James ist ein Genussmensch", verkündete Joyce stolz auf einer Familienfeier. „Und ich besorge ihm die besten, erlesensten Köstlichkeiten direkt aus Paris. Ist das nicht toll?"

„Du verwöhnst ihn einfach zu sehr", wagte ein Onkel einen zaghaften Versuch der Kritik. Noch im Reden wandte er sich von Joyce ab und blies die Backen auf, zur allgemeinen Belustigung der Umstehenden.

Mit sechzehn machte James seinen Schulabschluss – keinen wirklich genialen, aber die Lehrer zeigten sich milde, da sie die Hoffnung hatten, dass James trotz seiner

Fettleibigkeit mit einem passablen Zeugnis noch einen Beruf finden würde.

Und siehe da, es gab eine solche Tätigkeit: James war ein Fingerkünstler, der die feinsten aller Pralinen der Marke Bongoût in ihre bedruckte Goldfolie einwickeln durfte. James liebte das knisternde Geräusch dieser Folie beim Auswickeln, das auch immer mit der Vorfreude auf die anschließende Gaumenfreude verbunden war. Für solche zarten Köstlichkeiten gab es noch keine Verpackungsmaschinen, so dass sie für die Reihe Selection vorsichtig mit der Hand eingepackt werden mussten, damit die Goldstaub-Kakao-Bestäubung keinen Schaden nahm.

James überstand seine Probezeit erfolgreich, auch zur Freude seiner Mutter. Zu Weihnachten rief ihn der Betriebsleiter von Bongoût in sein Büro. James hatte von Kollegen erfahren, dass es bei guter Arbeit eine Prämie gab, und, was ihn noch mehr reizte, man bekam auch einen großen Geschenkkarton voller Pralinen, die er sich nur sehr selten leistete. Das würde ein schönes Fest werden. Irgendwie blickte der Betriebsleiter nicht so freundlich wie sonst, als James in sein Büro rollte. Stumm holte er einen Pralinenkasten aus dem Regal, hob den Deckel ab und deutete auf die halb angebissenen Leckerlis in den geöffneten Folien. James lief dunkelrot an.

„Wenn Sie sich nicht beherrschen können, sind Sie hier fehl am Platz! Seit ein paar Tagen erhalten wir Reklamationen mit immer derselben Feststellung: angeknabberte Pralinés – das ist eine Katastrophe und absolut geschäftsschädigend! In unserem Preissegment kommt das einem Todesurteil gleich!"

Der Frust über die Kündigung saß tief und ließ James auf stolze hundertneunzig Kilo anschwellen. Mittlerweile war wieder die Couch vor dem Fernseher im Wohnzimmer seiner Mutter sein Lebensmittelpunkt. Es kamen auch keine neuen Jobangebote mehr. Joyce hatte sich noch um eine Stelle für ihn als Kassierer in ihrem Supermarkt bemüht, doch mit seiner Körperfülle gelang es James nicht mehr, sich vom Rollstuhl auf den Sessel hinter der Supermarkt-Kasse zu zwängen. Laut schnaufend ließ er sich die paar Zentimeter, die er sich vergeblich mit den Armen auf den Lehnen hochgestemmt hatte, wieder auf den Rollstuhl zurückfallen.

Joyce schlug die Hände über dem Kopf zusammen und wagte in ihrer Verzweiflung den Vorschlag: „Vielleicht sollten wir doch einmal eine Diät versuchen, mein Schatz?"

James nickte ergeben, aber eigentlich lenkte ihn die kleine Theke in Kassennähe schon zu sehr ab. Sie war nämlich gefüllt mit James' aktueller Lieblingssorte Mary-LeBons Trifle, die ihm den Sabber aus beiden Mundwinkeln zog.

„Ach, James, was machen wir bloß?" Joyce bezahlte schnell eine Familienpackung MaryLeBons Trifle und schob ihrem Sohn das erste Stückchen in den ihr dargereichten, halbgeöffneten Schlund, wie ein Vogelweibchen, das ihr gerade geschlüpftes Küken füttern musste.

James grunzte vor Vergnügen. Sollten andere Leute hinter der Supermarkt-Kasse glücklich werden, solange er nur genug Nachschub von Joyce erhielt.

Als James mit achtzehn die 200-Kilo-Marke überschritt, wagte Joyce ein vorletztes Mal einen Diätversuch für ihren Sohn. An seinem zwanzigsten Geburtstag jedoch wog James zweihundertvierzig Kilo. Der Hausarzt warnte, er würde bald als Frührentner eingestuft, wenn er so weitermachte. Joyce sah sich ein letztes Mal gezwungen zu handeln: Nach einer Woche Nahrungsentzug, während der sie so schreckliche Dinge wie Gemüse auf den Speiseplan setzte, erkannte sie James nicht wieder. Aus ihrem gutherzigen, lieben Kerl war ein röchelndes Monster geworden, das lautstark seine wahren Lebensmittel in Form von Süßigkeiten einforderte. Die Nachbarn beschwerten sich, weil sie den ganzen Tag das Schreien „Hunger, Hunger!" hörten. Joyce brach die Diät entnervt ab und war erleichtert, als sie die von Spezialisten angebrachte Dreifachsicherung an ihrem Vorratsschrank wieder abmontieren durfte. Es dauerte danach nicht mehr lange bis zu James' Frühverrentung.

Der dritte Rollstuhl – mittlerweile eine Sonderanfertigung – stand seit Monaten in der Ecke des Wohnzimmers, weil James es sich auf der Coach bequem gemacht hatte. Hier aß und schlief er, und es war nur eine Frage der Zeit, bis das Möbelstück durch ein Husten oder Niesen oder sogar zu heftiges Schmatzen unter ihm zusammenbrechen würde. Solange der Lieferdienst des Supermarktes einmal die Woche vorbeikam, war es ein gutes Leben, das James führte. Es fehlte ihm an nichts. Die zehn Meter von der Couch bis zur Wohnungstür waren in dreißig Minuten zu schaffen; so machte er sich regelmäßig vor der vereinbarten Lieferzeit auf den Weg zur Tür.

Von Woche zu Woche wunderte sich der Bote mehr über diesen schmatzenden und sabbernden Zweihundertsechzig-Kilo-Berg: War der noch fetter geworden seit der letzten Woche? Die gelieferten Mengen sprachen eine eindeutige Sprache: Aus den anfänglich gelieferten fünfzig Kilo Schoko, Chips und Keksen wöchentlich waren achtzig Kilo geworden. Dieser Kunde schien, das wunderte den Boten nicht, auch nicht mehr rechtzeitig zum Klo kommen zu können, denn es drang jedes Mal fauliger und kotiger aus der Wohnung, wenn sein Bewohner die Tür öffnete.

Völlig erschöpft von ihrer Arbeit war Joyce eines Abends auf der Couch beim Fernsehen neben ihrem Sohn eingeschlafen. Mittlerweile bestand ihr Körper nur noch aus Haut und Knochen. Im Fernsehen lief gerade eine Kochsendung über selbstgemachte Wine Gums. Nach vorn gebeugt starrte James auf die Mattscheibe, damit ihm ja kein Detail der Herstellung entging. Der Speichel tropfte programmgemäß auf seine baumstammdicken Oberschenkel. Joyce kippte, immer noch schlafend, hinter ihrem Sohn zur Seite in die Sofaritze. Erst Stunden später, als sich sein Vorrat an Schokorosinen dem Ende zuneigte, fiel James auf, dass seine Mutter nicht mehr neben ihm saß. Er lehnte seinen Dreihundert-Kilo-Körper zurück und kratzte sich am Kopf. Hatte sie doch Dienst im Lager an diesem Abend und war ohne ein Wort gegangen? Er wunderte sich ein bisschen, denn das war gar nicht ihre Art.

Joyce tauchte nicht wieder auf, nicht am nächsten Morgen und auch nicht an den Tagen danach. Irgendwann musste sie doch zurückkommen, sie konnte ihn nicht einfach allein lassen. James' Stimmung schwankte zwischen Trotz und Traurigkeit. Notfalls würde er es ohne sie schaffen, obwohl er ihre täglichen Fütterungen vermisste.

Erst Monate später entdeckte James, nachdem er tagelang wieder nicht vom Sofa aufgestanden war und sich nur für den Lieferdienst einmal in der Woche zur Tür schleppte, neben seinen eingetrockneten Exkrementen auf dem Sofa einen weißlichen Gegenstand, der aussah wie eine von den größeren Salzstangen, die er so gern aß. Nein, James ließ nichts verkommen – auch keine alte Salzstange. Mit Mühe bückte er sich ein paar Zentimeter nach unten, er schnaufte bei der Anstrengung, und griff nach der Salzstange, die er vor lauter Bauch kaum sah. Er musste kräftiger daran ziehen, denn sie steckte halb in der Sofaritze, die etwas ausgeleiert schien. Es knackte und knirschte so merkwürdig, und als James genauer hinsah, begriff er. Daumen, Zeige- und Mittelfinger einer skelettierten Hand kamen zum Vorschein. sie waren merkwürdig in seine Richtung gedreht, als ob sie ihn füttern wollten. Zum ersten Mal in seinem Leben erbrach James all die Köstlichkeiten, die gerade noch seinen Magen gefüllt hatten.

Flachland

Christiane Wachsmann

„Antiquitäten" steht in großen Buchstaben über der Eingangstür des Ladens. Die Farbe ist schon ausgeblichen, an der Fassade bröckelt der Putz. Ein handgeschriebener Zettel weist auf die reduzierten Öffnungszeiten hin. In den Regalen tut sich nicht mehr viel: Hier und da gibt es noch einen Verkauf, aber die Lücken werden nicht mehr aufgefüllt.

Wenn der Laden geöffnet ist, sitzt die alte Frau in ihrem Sessel. Früher ist sie herumgegangen, von Raum zu Raum, hat hier und dort was abgestaubt oder zurechtgerückt, hat neu dekoriert und aussortiert und den Dingen ihre Geschichten abgelauscht.

Sie hat das Geschäft von ihrer Großmutter übernommen, die sich nach einem wechselhaften Leben als Zirkusartistin, Komparsin beim Film, Millionärsgattin und Haushälterin bei einer Künstlerfamilie hier niedergelassen und einen Gebrauchtwarenhandel eröffnet hatte.

Als die alte Frau ihren Mann kennenlernte, war er Vertreter für Geschäftspapiere. Bei seinem ersten Besuch schenkte er ihr einen kleinen Taschenkalender, den sie bis heute aufbewahrt. Sie hatten eine gute Zeit miteinander hier im Laden, doch auch das ist vorbei.

Jetzt wartet sie auf ihren Neffen, der nun schon so lange auf Weltreise ist, dass keiner außer ihr selbst mehr mit seiner Rückkehr rechnet. Dabei wandert sie öfter als früher in das ihr so vertraute Land zwischen Traum und Wachen, in dem die Gedanken klarer hervortreten und man fliegt, obwohl man genau weiß, dass man es nicht kann.

Die Wäschemangel und der Filmprojektor stammen aus ärmlichen Verhältnissen. Sie haben viel zusammen erlebt, sind auf den Landstraßen miteinander durchgeschüttelt worden, als die Zirkusleute noch mit dem Pferdewagen unterwegs waren und die ersten Bilder mit Hilfe einer Handkurbel in Bewegung setzten.

Als der elektrische Strom kam, wollte sich kein Mensch mehr die Mühe machen, eines der beiden Geräte in Bewegung zu setzen. Nun stehen sie in einem Nebenraum auf einem Regalbrett, gemeinsam mit einer jugendlichen Orangenpresse, mehreren vorsintflutlichen Bügeleisen und einem Fön aus Bakelit, der sich viel auf seine elektrische Betriebsmöglichkeit einbildet. Er besitzt einen Stecker und ein umflochtenes Kabel, das allerdings an mehreren Stellen gebrochen ist.

An der Wand lehnen Bilder in verschnörkelten Rahmen, von denen das vorderste ein Haus an einem Moortümpel darstellt. Eine Kaffeekanne aus Meißner Porzellan steht auf dem Brett eines winzigen, hochgelegenen Fensters und schaut auf die anderen hinab.

Sie alle harren ihrer Entdeckung.

„Außer einem Kunstmuseum kommt natürlich gar nichts in Frage", sagt das Gemälde und ruckelt sich in seinen Rahmen zurecht. Dessen Vergoldung hat schwer gelitten; an mehreren Stellen sind ganze Stücke abgesprungen. Der darunterliegende Gips ist im Laufe der Jahre grau geworden, aber das schmerzt das Bild wenig. Der Rahmen war schon immer eine Geschmacksverirrung, eine veraltete Erscheinung aus dem neunzehnten Jahrhundert. Als expressionistisches Kunstwerk darf es mit Fug und Recht einen einfachen Holzrahmen erwarten, der seine inneren Werte und die Strahlkraft der Farben zur Geltung bringen wird.

„Ein Kunstmuseum! Da gibt es doch nur unnützes Zeug!"

Wenn der Fön sich aufregt, knistert es in seinen elektrischen Gedärmen. „Was soll man damit schon anfangen! Was haben die Menschen davon? Ich zum Beispiel, ich bringe ihnen einen echten Nutzen. Lass sie nur erstmal dahinter kommen, dass einst Marlene Dietrich mit mir ihren Bubikopf fönte."

„Und wie sollen sie es erfahren?", knarrt die Wäschemangel. „Bist du in der Lage, ihnen die Geschichte zu erzählen? Steht es irgendwo auf dir drauf? Es gibt Tausende von Geräten wie dich, und die meisten davon haben noch ein intaktes Kabel. Im Unterschied zu dir. Dich kann man zu gar nichts mehr gebrauchen!"

„Und dich *will* niemand mehr gebrauchen. Weil du nämlich keinen gescheiten Antrieb hast. Nur eine Kurbel! Eine Handkurbel!" Der Fön knistert jetzt so laut, dass man meint, er werde gleich Funken sprühen.

„Immerhin *habe* ich eine Kurbel. Im Gegensatz zu einigen anderen Personen in dieser Gegend." Diesen kleinen Seitenhieb auf den Filmprojektor kann sich die Wäschemangel nie verkneifen. Im Laufe der Jahre ist er zu einer regelrechten Manie geworden.

Der Filmprojektor seufzt. Er hat sein Leben lang darunter gelitten, dass er nie eine eigene Kurbel besaß. Trotzdem ist es ungerecht, dass die Wäschemangel sich derart mit ihren Leistungen brüstet. Ihre einzige Aufgabe bestand darin, für eine glatte Leinwand zu sorgen, auf die er dann die Bilder werfen konnte. Und nicht mal das machte sie richtig, dafür war sie viel zu schmal: Immer musste noch das Bügeleisen kommen und die scharfen Falten glätten.

Was waren das für Zeiten gewesen! Der Filmprojektor lässt sich von seinen Erinnerungen davontragen. Was für Zeiten, und was für Bilder! Bilder aus Licht, voller Kraft und Bewegung.

„Am besten ist es doch, beides zu vereinen", lässt sich die Kaffeekanne auf dem Fensterbrett vernehmen. „Nützlichkeit *und* Schönheit. Aus einer Fabrik kann jeder kommen. Eine Manufaktur dagegen, das ist was ganz anderes. Wir wurden dort einzeln und mit viel Liebe –"

„Manufaktur, papperlapp, dass ich nicht lache! Das ist doch auch nur ein anderes Wort für eine Fabrik. Du bist kein bisschen besser als unsereiner, mit deiner oberflächlichen Schnörkelei. Und kaum stößt man dich an, schon hast du einen Riss. Weißt du nicht mehr, was mit deinem Deckel geschehen ist?"

Natürlich weiß die Kaffeekanne, was mit ihrem Deckel geschehen ist. Das ist ja gerade ihr Unglück! Mit dem Unfall begann ihr sozialer Abstieg. Sie war aus dem Speisezimmer in die Küche verbannt worden und hatte zuletzt als Behältnis für Blumenwasser gedient. Immer wieder melden sich in ihrem Inneren schmerzhaft die Kalkringe, Spuren der unsachgemäßen Behandlung.

Das gibt diesem gusseisernen Klotz von einem Bügeleisen mit seinen albernen klassizistischen Schnörkeln allerdings noch lange nicht das Recht, sich mit ihr gemein zu machen!

Die Kaffeekanne plustert sich auf, so gut ihr das in ihrem lädierten Zustand möglich ist, und holt zu einer Erwiderung aus, in der das Königliche der Porzellanmanufaktur sowie Bezeichnungen wie „weißes Gold" und „Handbemalung" eine zentrale Rolle einnehmen werden. Doch die Orangenpresse kommt ihr dazwischen.

„Ich weiß wirklich nicht, was gegen eine Kurbel einzuwenden ist", sagt sie. „Oder einen Hebel. Ein Hebel ist im Grunde viel eleganter. Man kann ihn herunterdrücken, und schon setze ich mich in Bewegung. Bewegung ist wichtig. Bewegung ist das Gebot der neuen Zeit! Hebel und Zahnräder, Gewinde, Pleuelstangen –"

„Und Elektrizität!", sagt der Fön. „Saubere Energie! Frieden und Gerechtigkeit! Ein gutes Leben für jedermann!"

„Wenn ich nur will, drehe ich euch alle durch die Mangel", sagt die Mangel böse. „Dazu brauche ich keine Elektrizität. Mir reicht meine Kurbel, und dann seid ihr flach, flach, flach!"

„Aber eigentlich kamen die Bilder ja von mir", wendet der Filmprojektor schüchtern ein. „Was *ich* erst zu erzählen hätte. Da gab es einen Film von einer Eisenbahn –"

„Flach!" fährt die Wäschemangel auf. „Wie meine Leinwand. Knitterfrei und flach! Wie die Bilder! Ihr hättet sie sehen sollen, diese Bilder. Auf *meiner* Leinwand! Eine ganze Eisenbahn, direkt von vorne, auf die Zuschauer zu! Wie sie davongestoben sind!"

„Leinwand mit Knicken", sagt der Filmprojektor, und nimmt seinen ganzen Mut zusammen. „Bilder mit Knicken. Ohne das Bügeleisen wäre das nichts geworden. Und die Bilder kamen von mir. Ohne mich –"

„Flach!" ruft die Wäschemangel noch lauter. „Und außerdem ist es meine Kurbel! Du hast nie eine eigene Kurbel gehabt, du dämlicher Projektor, das weißt du ganz genau! Ohne meine Kurbel wärst du nie das geworden, was du jetzt bist, oder vielmehr nicht mehr bist. Was bist du denn schon? Ein Filmprojektor ohne eigene Kurbel, ohne Antrieb, ohne Bewegung. Wie willst du da noch irgendein Bild zum Laufen bringen?"

„Aber", protestiert der Filmprojektor – Die Ladenglocke geht.

Jemand ist gekommen. Es wird ernst.

„Und dass mir keiner einen Ton von sich gibt", zischt die Kaffeekanne, überflüssigerweise.

„Marlene", flüstert der Fön.

„Klappe", sagt die Mangel.

Es wird still.

„Irgendwo da hinten werden Sie fündig werden", sagt die alte Frau. „Links in dem kleinen Raum, wenn ich mich recht entsinne."

Sie blickt dem Paar hinterher, das sich zwischen Bücherstapeln und Schränken hindurchzwängt und im hinteren Raum verschwindet. Früher wäre sie mit ihnen gegangen, hätte ihnen erzählt, was sie über die Dinge wusste. Was sind die Armen schon ohne ihre Geschichten?

Und diese Leute machen nicht den Eindruck, als wären sie in der Lage, sie ihnen abzulauschen. Als wollten sie sich auch nur die Mühe geben! Die Frau mit ihren vielen Fingerringen und dem unordentlichen Hippiekleid gehört zu der Sorte, die sich allein für den Dekorationswert der Dinge interessiert, und ihr Begleiter hat diesen skeptischen Blick. Er wird alles schlecht machen und dann versuchen, über jedes Maß zu handeln.

Die alte Frau seufzt. Sie fühlt sich diesem Geschäft nicht mehr gewachsen. Wäre sie heute doch nur zuhause geblieben! Wenigstens die Ladentür hätte sie verschlossen lassen sollen.

Ich sollte hinter ihnen hergehen, denkt sie. Wer weiß, was sie dort anstellen. Doch ihre Beine sind müde, und in ihrem Kopf wandern schon wieder die Gedanken mit ihr fort.

„Hoffentlich finden sie die Tür", sagt die Wäschemangel. Sie haben so ihre Erfahrungen gemacht in der letzten Zeit, mit Leuten, die die Anweisungen der alten Frau missachteten und dann im hinteren Zimmer beim Silber und der ach so niedlichen Puppensammlung hängenblieben.

Alle sind sich darüber einig, dass sie keine gute Figur abgibt. Ja, früher, als der Mann noch da war. Das waren andere Zeiten, da wurde noch gehandelt und gefachsimpelt. Es gab interessante Neuzugänge, und nichts verließ den Laden unter Wert. Niemand weiß, wohin er verschwunden ist, aber das Gerücht hält sich hartnäckig, sie habe ihn verkauft. Irgendwas in seinem Inneren musste sich verhakt haben, so dass er eines Tages in sich zusammensackte und reglos auf dem Boden liegenblieb. Männer kamen, verpackten ihn in eine aufwändig gefertigte Holzkiste und trugen ihn davon. Eine Weile wartete man noch auf seine Rückkehr, doch inzwischen glaubt keiner mehr so recht daran.

„Wenn er Glück hat, wird er restauriert und kommt in ein Menschen-Museum", vermutete das Bild.

„Oder auf den Schrottplatz", sagte die stets taktlose Wäschemangel.

„Dafür hätte man ihn nicht so gut verpackt", gab das Bügeleisen zu bedenken. Es ist philosophisch veranlagt und mischt sich nur selten in die Diskussion, die sich für seine Begriffe meist allzu sehr an der Oberfläche bewegt. „Da hätte die Laderampe eines Kleinlasters gereicht. Und außerdem sind Menschen nicht aus Metall."

„Das ist aber eng hier", sagt der Mann. „Meint sie wirklich dieses Kabuff?"

Die Frau ist nicht so skeptisch. Sie steht schon mitten zwischen ihnen. Prüfend blickt sie sich um. „Da ist eine", sagt sie. „Tatsächlich.

An ihrem erhöhten Standort bleibt die Kaffeekanne meist unbeachtet. Aber eine kleine Hoffnung hat sie sich doch bewahrt. Nun nimmt sie Haltung an. Nie die Haltung verlieren! Gerade jetzt hat sich ein Sonnenstrahl durch das trübe Fensterglas gezwängt und bringt das Gold ihrer Bemalung zum Glänzen. Hat die Frau nicht gerade zu ihr emporgeschaut? Hat sie sie bemerkt, bevor sie sich nach ihrem Begleiter umschaute?

„Eine was?" fragt der, mit Ungeduld in der Stimme. Wahrscheinlich ist er einer der Warenhaustypen, die nicht lange suchen wollen.

„Eine Kamera", sagt die Frau.

„Filmprojektor. Wir suchen einen Filmprojektor."

Ein Seufzen der Enttäuschung geht durch die Regale. Nur der Filmprojektor ist plötzlich ganz aufgeregt. Er denkt an den Rost in seinen Innereien und die gebrochene Kurbelschleife seines Malteserkreuzgetriebes und hätte sich am liebsten verkrochen. Er gehört zu den ersten seiner Art und besitzt weder das Selbstbewusstsein der hochwohlgeborenen Kaffeekanne noch den Arbeiterstolz der Wäschemangel. Auch weiß er, dass er kein Original ist, kein echter *Bioscop*. Er ist ein Nichts, ein Niemand. Der Nachbau eines vergessenen, wenn auch technisch begabten Zirkusartisten, der ihm nicht mal eine eigene Kurbel zugestand.

„Hat das Ding überhaupt einen Stecker?"

„Das ist nichts Elektrisches. Der funktioniert mit einer Kurbel."

„Die gehört doch an die Wäschemangel hier."

„Meinst du? Tatsächlich. Die passt für beides!"

„Man braucht ja auch beides. Eine Mangel für die Leinwand und einen Projektor für den Film. Könnte ich mir vorstellen."

„Stimmt. Und ein Bügeleisen, das die Knicke aus der Leinwand bügelt, die die Mangel hinterlassen hat."

„Da wird Steffen aber Augen machen, wenn wir das ganze Zeug anschleppen. Auf jeden Fall ist es ein ziemlich großes Geschenk."

„Und Elvira wird uns postwendend wieder hinauskomplementieren. Ich glaube, das Schlafzimmer ist der einzige Raum in dem ganzen Haus, in dem nicht irgend so ein mehr oder weniger vorsintflutliches Teil steht, an dem sich irgendwas dreht und das irgendwie leuchtet."

„Das Ding dort sieht aber echt interessant aus. So selbstgebastelt. Ob es überhaupt funktioniert? Das schauen wir uns mal genauer an. Komm, lass es uns herunterholen."

„Meinst du?"

„Meine Güte ist das schwer – Pass auf. So pass doch auf, verdammt!"

Aber es ist zu spät. Im Bemühen, den sperrigen Projektor aus seinem Fach herauszuheben, sind sie an die Kaffeekanne gestoßen. Sie hat das Gleichgewicht verloren, ist in die Tiefe gestürzt und in Stücke zersprungen.

„Zurück", sagt der Mann. „Schieb ihn einfach wieder zurück. Das Scheißding ist viel zu schwer, du hast Recht. Elvira wird uns erschlagen."

Keuchend stehen sie in der schmalen Kammer und betrachten die Scherben. Mit seinem Fuß schiebt der Mann einen Teil davon unter das Regal. „Meinst du, sie hat es gehört?"

„Und wenn schon. So teuer kann das Ding nicht gewesen sein."

„Lassen wir es drauf ankommen." Und schon ist er auf dem Weg nach vorne.

„Moment", sagt die Frau. „Schau mal hier." Sie zeigt auf das Bild. „Das nehme ich."

„Für Steffen?"

„Nein, für mich."

„Was willst du denn damit? Das ist doch viel zu düster. Und so grob gemalt. Hat das irgendwas zu bedeuten, PMB?"

„PMB?"

„Das hat jemand unten in die Ecke geschrieben. Wahrscheinlich der Maler."

„Habe ich gar nicht gesehen. Und die Alte wahrscheinlich auch nicht, so kurzsichtig, wie die ist."

„Vielleicht ist es wirklich was wert?"

„Das doch nicht. Das ist nur so ein altes Bild von irgendeinem Möchtegern-Künstler. Ich nehme es wegen des Rahmens. Der ist wirklich prächtig, das musst du zugeben. Mal schauen, was ich dort hineintue."

„Vielleicht ist dieser Projektor ja doch was wert. Scheint mir ziemlich alt zu sein. Stell dir mal vor, wir würden was erwischen, was Steffen tatsächlich noch nicht in seiner Sammlung hat. Die Geschichte mit der Kurbel und der Wäschemangel ist doch großartig."

„Die haben wir uns doch nur ausgedacht."

„Trotzdem –"

„Wir können Steffen ja den Tipp geben. So bald wird die Alte den Laden nicht aufgeben. Wenn er dann den Fund seines Lebens macht und doch noch ins Schlafzimmer stellt, sind wir wenigstens nicht dran schuld."

„Ich habe es ja gleich gesagt", sagt die Tülle, nachdem die beiden verschwunden sind.

„Immer auf die Kleinen", sagt eine Scherbe mit Rosenmuster.

„Meißen", murmelt ein Stück vom vergoldeten Rand, und die Bodenplatte seufzt ein wenig und denkt zurück an den Pinsel mit der dunkelgrünen Farbe, der ihr so schwungvoll das Schwerterzeichen aufgemalt hat. In der Hitze waren sie blau geworden. Sie hätte ihn so gerne wiedergesehen.

Im Türrahmen steht die alte Frau und mustert die Scherben. Sie hat es sich schon gedacht, als sie das Klirren hörte. Sie geht zurück in die kleine Küche, um Besen und Kehrblech zu holen. Sie fühlt sich schwach und den Tränen nahe. Wenn nur der Neffe endlich käme! Sie ist so müde und fühlt sich leer. Mühsam kehrt sie die Scherben zusammen. Einige rutschen tiefer unter das Regal, andere bohren sich mit ihren scharfen Kanten in die Holzdielen und lassen sich nicht bewegen.

Die alte Frau bückt sich und merkt, dass ihr dabei schwindlig wird. Ohne sich weiter um Besen, Schaufel und Scherben zu kümmern, geht sie wieder nach vorne. Sie schließt die Tür ab, dreht das Schild um und sinkt in ihren Stuhl.

All die Dinge, denkt sie. All die Geschichten. Mein armer Kopf. Aus dem hinteren Raum hört sie das Gemurmel, von dem sie glauben, sie würde es nicht bemerken.

Nun sitzt sie dort und erinnert sich. An die Kaffeekanne auf der reich geschmückten Tafel, an die unermüdliche Orangenpresse mit ihrem kräftigen Arm. Sie denkt an die

Porzellanmalerin mit ihrer unglücklichen Liebe und an den eleganten Schwung ihres Pinselstrichs, an die Frauen mit den schweren Plätteisen und den verbrannten Fingern. Sie träumt von der Malerin Paula Modersohn-Becker und ihren Spaziergängen im Moor. Von Porzellanhunden und Schreibmaschinen mit verbogenen Typenhebeln, von verlorenen Ohrringen und Büchern ohne Rücken. Sie ist ein junges Mädchen und sehnt sich nach einem bunten Kleid. Sie ist eine Zirkusprinzessin und steht auf einem galoppierenden Pferd. Sie trägt eine Fliegerkappe und steuert die Maschine über die Weiten der russischen Steppe. Sie hört das Surren des Filmprojektors, laut und leise, sieht eine Dampflock aus Licht auf sich zu rasen, hört das Geschrei der Menschen und die fallenden Stühle. Sie denkt an Marlene Dietrich mit ihrem Zylinderhut, an die klackenden Schalter aus Bakelit, mit denen man in ihrer Jugend das Licht andrehte. Sie denkt an ihren Neffen, der nicht wiederkommen wird, und dass sie fliegen kann, wenn sie es wirklich will.

Sie atmet ein und atmet aus. Ihr Herz klopft, klopft noch ein wenig weiter. Sie atmet noch einmal aus, noch einmal ein, und ein letztes Mal aus.

Rotkäppchen

Heidrun Heil

In der Küche läuft leise ein Radio. Die Kaffeemaschine macht letzte gurgelnde Geräusche, während die Mutter noch Marmelade aus dem Kühlschrank holt, um sie zu den frischen Brötchen auf dem Tisch zu stellen. Es ist Sonntag. Sie freut sich auf das gemeinsame Frühstück mit ihrem sechzehnjährigen Sohn Marco.

Er kommt in Jogginghose und Kapuzenpulli mit hängenden Schultern herein. Aschgrau ist sein Gesicht, wie nach einer durchzechten Nacht. Marco setzt sich stumm an den gedeckten Tisch. Die Mutter schenkt ihrem Sohn und sich selbst Kaffee ein.

„Das einzig Frische an diesem Morgen ist der Kaffee, wenn man uns zwei Spätaufsteher so ansieht." Sie möchte Marco aufmuntern, weil sie spürt, dass etwas nicht in Ordnung ist.

Marco hält seine Kaffeetasse mit beiden Händen, als ob er sich daran wärmen will. Er gibt keine Antwort.

„Ich habe gestern versucht, dich auf dem Handy zu erreichen, aber es war immer nur deine Mailbox dran."

Die Mutter betrachtet ihren Sohn genauer. Ihr fällt auf, dass er sich krampfhaft an der Tasse festhält und zittert. Soll sie deutlicher werden?

„Ich würde gern wissen, warum du gestern Abend nicht ans Handy gegangen bist. Du hast doch sicher meine Nummer auf deinem Display gesehen."

Marco räuspert sich und starrt auf die Tasse in seinen Händen, gibt aber immer noch keine Antwort.

„Du kannst mich ruhig ansehen, wenn ich mit dir rede. Ich will dich doch nicht ausspionieren, aber ich finde, wir sollten uns darauf einigen, dass ich dich hin und wieder anrufen darf."

Marco lässt die Kaffeetasse los, spreizt die immer noch leicht zitternden Hände auf dem Tisch und betrachtet sie lange.

Als ob an den Händen etwas klebt, schießt es der Mutter durch den Kopf. Warum macht sie sich immer Sorgen? Ist es falsch, wenn sie über ihr gestörtes Vertrauensverhältnis und seine Unzuverlässigkeit nicht hinwegsehen kann?

„Ich war unterwegs mit Kumpels."

Der Sohn betrachtet immer noch seine Hände. Jetzt dreht er sie um und fährt mit den Fingern der jeweils anderen Hand die Lebenslinien seiner Handflächen ab. Als mein Vater mich früher zur Rede stellte, habe ich genauso reagiert, denkt die Mutter. Hat er ein schlechtes Gewissen?

„Du könntest ruhig etwas genauer werden: Mit welchen Kumpels warst du gestern unterwegs?"

„Mit Moritz, Kevin und Hannes." Marco starrt immer noch auf seine Hände.

Soll sie jetzt von ihren Gefühlen anfangen? Doch, sie muss das, was sie belastet, loswerden:

„Marco, ich habe mir echte Sorgen gemacht. Ich weiß, du magst das nicht hören, aber du bist erst sechzehn, und das ist verdammt jung, um sich die ganze Nacht um die Ohren zu schlagen."

Der Sohn blickt seine Mutter zum ersten Mal an diesem späten Morgen mit trüben Augen an. Seine Stimme klingt verwundert.

„Ich dachte, du hast geschlafen."

„Nein, habe ich nicht. Ich habe die Tür gehört – es war fünf Uhr morgens." Die Mutter beißt sich auf die Lippe. Wieder dieser vorwurfsvolle Ton, den sie sich wohl nie wird abgewöhnen können. Gleich wird sie alles noch schlimmer machen.

„Du hast doch gar nicht so viel Geld zur Verfügung, dass du dir so ausgedehnte Zechtouren leisten kannst."

„Wir waren bei Hannes auf der Bude."

„Ach so, klar, da ist das mit dem Alkohol dann billiger, ich verstehe."

„Mama, du nervst echt. Das war eine Scheißnacht, mir geht es heute nicht gut. Lass mich in Ruhe, ja?"

„Wann sollen wir denn jemals reden? Wenn es dir wieder gut geht, bist du ja ohnehin wieder unterwegs."

„Morgen, Mama …, ja?"

Das klingt fast weinerlich. Die Mutter wird aus ihrem Sohn nicht schlau. Entgleitet ihr denn alles? Gerade läuft im Radio ein altes Lied von Roachford. Zu gern würde sie sich gemeinsam mit Marco eine Nacht um die Ohren schlagen, Spaß haben. So alt ist sie doch noch nicht, dass sie nicht auch feiern könnte.

„Nächstes Wochenende muss ich beruflich nach Hamburg. Komm doch einfach mit. Wir machen St. Pauli unsicher."

Wieder sieht ihr Sohn sie so merkwürdig an, als ob er weit weg wäre.

„Ich habe zur Zeit ganz andere Sorgen." Marcos Hände zittern jetzt so stark, dass er sie zu Fäusten ballt, um sie unter Kontrolle zu behalten.

Mit solch einer Antwort hat die Mutter nicht gerechnet. Dass Worte wie „uncool" oder „peinlich" fallen würden, schon eher. Als Teenager hätte sie mit ihrem Vater auch nicht um den Block ziehen wollen. Aber man darf ja noch träumen. Wieder ein gutes Lied im Radio, diesmal von Randy Newman.

„Wir unterbrechen unsere Sendung mit einer wichtigen Durchsage."

Die Mutter wird aus ihren Träumen gerissen. Schade, diesen Song spielen sie so selten, denkt sie.

Marco ist aufgesprungen und geht hastig zur Spüle, um sich die Hände zu waschen. Er greift nach der Gemüsebürste und schrubbt seine Hände damit so heftig, dass sich die Mutter an die frisch geschlachtete Weihnachtsgans im letzten Jahr erinnert, als er ihr beim Ausnehmen half und sich danach die Finger fast blutig putzte.

„Magst du noch einen Schluck Kaffee?"

„Du kapierst gar nichts, Mama!" Marco wirft die Gemüsebürste auf den Boden und schlägt die Hände vors Gesicht.

„Im Alb-Donau-Kreis ist in der letzten Nacht ein junges Mädchen …"

„Warum kapiere ich nichts? Das musst du mir näher erklären."

Der Sohn dreht sich von der Spüle weg und starrt durch seine Mutter hindurch. Seine Arme hängen schlaff an seinem Körper herab.

„Wer sachdienliche Hinweise zum Verbleib …"

„Wir haben gestern etwas gesehen." Marcos Stimme klingt ganz rau.

„Was habt ihr gesehen?" Warum hat die Mutter plötzlich solche Angst?

„Hast du das gehört gerade?" Seine Stimme geht in ein Flüstern über.

„Nein, was meinst du?"

„Sie hatte eine rote Mütze auf."

Die Mutter muss sich anstrengen, um seine tonlose Stimme noch zu verstehen.

„Wer, sie?"

Wo ist die Bettdecke, unter der ich mich verkriechen kann? Wenn ich doch die Zeit zurückdrehen könnte…

Die Mutter spürt eine bleierne Müdigkeit in sich, während ihr Herz rast.

„Da kam jemand, als sie allein an der Haltestelle wartete. Sah aus, als ob er sie kannte. Hat sie Rotkäppchen genannt wegen ihrer leuchtend roten Mütze. Da hat sie noch gelacht, aber dann hat er sie … er hat sie angefasst."

„Die junge Frau war zuletzt mit einer dunkelblauen Jeansjacke, schwarzer Hose und roter Strickmütze bekleidet gesehen worden …"

Die Mütze, was hatte Marco gerade gesagt? Die war doch rot! Woher wusste er davon?

„Es war wie bei Rotkäppchen, Mama." Schluchzt ihr Sohn gerade? Sie wendet sich ab.

„Er hat sie von der Haltestelle weggezerrt. Er hat sie richtig angefallen, zuerst die rote Mütze runter, und dann weg ins Gebüsch." Die Tränen laufen Marco über die

Wangen. Seine Mutter sieht in die Spüle, die voller Blut von der Weihnachtsgans ist. Sie versteht und versteht doch nicht.

„Ihr wart doch mehrere. Ihr hättet ihr helfen können."

„Mama, das war wie im Märchen, voll krass, ganz irreal. Außerdem waren wir auf der anderen Straßenseite, wir konnten da nicht so schnell hin. Kevin hatte dann als Erster die Idee."

Die Mutter erschaudert.

„Wo ist dein Handy jetzt?"

„Das spielt doch keine Rolle, wo mein Handy ist."

Klar denken, ich bin seine Mutter.

„Wir haben alle mitgemacht, sind über die Straße und dann hinterhergeschlichen, kamen uns wie Großwildjäger auf der Pirsch vor. Moritz hat noch was vom bösen Wolf gesagt, und da waren wir erst recht heiß. Wir wollten nichts verpassen. Die rote Mütze neben ihr hat im Mondlicht richtig geleuchtet. Sie war ganz stumm, wie eine Puppe." Marcos tonlose Stimme bricht ab. Die Mutter packt das blanke Entsetzen.

„Nimm Kaffee, komm, hörst du?"

„Es war dunkel, aber im Mondlicht haben wir genug gesehen. Der Typ hat sich nicht stören lassen. Außerdem hat er nicht mitbekommen, dass wir in der Nähe waren." Marco steht reglos mit hängenden Schultern an der Spüle, das Gesicht tränenüberströmt.

Verzweifelt sucht die Mutter nach den richtigen Worten. Sie bleibt stumm.

„Erst als wir dieses komische dumpfe Geräusch hörten, sind wir weg. Der Typ hat sich in unsere Richtung gedreht, und wir dachten, der hat uns entdeckt und geht auf uns los." Marco tritt wütend auf die Gemüsebürste, die noch immer auf dem Boden liegt.

„Was habt ihr dann gemacht? Habt ihr …?"

„Du meinst …, ne, hab ich doch schon erzählt, wir sind zu Kevin auf die Bude. Da haben wir uns ordentlich zugedröhnt und uns Rotkäppchen noch mal angesehen."

Die Mutter stöhnt auf. Wie viele Stunden verbringen sie schon in der Küche? Hat ihr Sohn überhaupt etwas gegessen? Den Kaffee hat er auch kaum angerührt.

„Aber ihr hättet doch die Polizei verständigen können! Ihr hättet was tun können", wendet sie noch schwach ein.

„Was denkst du denn?! Wir hatten doch alles gefilmt! Da wären wir auch dran gewesen! Ne, das kam nicht mehr in Frage. Außerdem waren wir zugedröhnt."

„Ich, ich meine, ihr hättet den Kerl doch vertreiben können. Ihr wart doch in der Überzahl."

Die letzten Worte spricht die Mutter unter großer Anstrengung. Zwei Schritte, und sie könnte Marco berühren, ihm zur Beruhigung die Hand auf die Schulter legen, aber sie schafft es nicht. Die Küche erscheint ihr auf einmal viel zu eng. Der starke Kaffee treibt ihr den Schweiß auf die Stirn.

„Kevin meinte, Rotkäppchen wollte sich sogar, na, du weißt schon, anbieten."

„Das habt ihr geglaubt?!"

Die Mutter ringt um Fassung, sie atmet tief ein, weil sie keine Luft mehr bekommt.

„Ich weiß nicht, wie Frauen so drauf sind, hatte ja noch nie eine richtige Freundin."

„Aber, das ist auch nicht nötig, das kann man doch auch so … ich meine, vertrau doch einfach auf dein Gefühl."

Die vielen mühevollen Jahre ihrer Erziehungsarbeit lasten wie Blei auf ihren Schultern. Was hat sie falsch gemacht?

Mittlerweile werden wieder die üblichen Popsongs im Radio gespielt. Die Mutter kann sich an kein einziges Lied nach dem von Randy Newman erinnern. Es ist wie ein Filmriss. Sie kauert eingesunken und unfähig sich zu bewegen am Tisch. Am liebsten würde sie ewig so sitzenbleiben, um sich auszuruhen von diesem bösen Traum. Marco hat eine blühende Fantasie, erst recht nachdem er mit seinen Kumpels ganze Nächte durchgezecht hat. Da kann man der eigenen Mutter mit solchen Geschichten einen schönen Schrecken einjagen.

„Wir unterbrechen unsere Sendung aus aktuellem Anlass: Wie die Polizei uns gerade mitteilt, ist die Leiche der seit gestern vermissten jungen Frau – wir berichteten – gefunden worden …"

Marco verbirgt sein Gesicht in den Händen und rutscht kraftlos mit dem Rücken zur Spüle in die Hocke.

Sind denn seine Lebenslinien schon sehr ausgeprägt? Warum hat er nicht erkannt, dass er anders hätte handeln müssen? Hat er im Ernst gedacht, nur sein Handy schaut Rotkäppchen zu? Jetzt habe ich keine Wahl mehr.

Mit letzter Kraft stemmt sich die Mutter vom Tisch auf, schüttelt ihre Betäubung ab, wendet sich kurz wie zum Abschied ihrem fremden Sohn zu und geht die schweren Schritte zum Telefon.

Dreimal schwarze Katze

Christiane Wachsmann

Der sehr kleine Junge und der sehr große Mann saßen zusammen auf der Terrasse und blickten auf das Meer. Es war von tiefblaugrüner Farbe und lag weit unter ihnen.

Der kleine Junge saß auf einem großen Stuhl. Seine Beine baumelten. Der Wind blies durch sein dünnes T-shirt. Eine der Papierservietten rutschte über den Tischrand und wehte davon. Der Mann leerte sein Glas und schob es mit einem Ruck von sich. Er winkte die Kellnerin herbei und gab ihr ein paar von den zerknitterten Scheinen aus seinem Portemonnaie. Dann zog er dem Jungen den Anorak an. Ungeschickt fummelte er am Reißverschluss herum, murmelte vor sich hin und schaffte es endlich, die Jacke zu schließen.

Auf seiner Stirn stand eine Falte.

Sie wanderten den schmalen Weg zwischen weißen Mauern hinunter zum Hauptplatz, stiegen die Stufen hinab und folgten der Straße in ein düsteres Tal. Es war kühl hier unten. Das Himmelsblau war verschwunden, Hundegebell hallte durch die Nebelluft. Autos rasten an ihnen vorbei, die Scheinwerfer eingeschaltet. Der Junge fröstelte. Er klammerte sich an die großen Vaterhand, und der Mann beugte sich zu ihm hinunter und nahm ihn auf.

Der kleine Junge drückte seine Wange fest an den groben Stoff der Jacke. Er steckte den Daumen in den Mund und träumte mit geöffneten Augen, in Sicherheit gewiegt durch die Schritte seines Vaters. Eine Wolkenriesin lag grau und träge über dem Bergrücken und spuckte ihnen Regentropfen auf den Kopf. Unter den Kanaldeckeln rauschte das Wasser.

Sie erreichten eine Straßenkurve, blieben stehen und blickten hinauf zur Terrasse. Wie ein Felsenschiff lag sie dort oben im Himmelsblau.

Der Mann setzte den kleinen Jungen wieder ab. Dort haben wir gesessen, sagte er. Seine Worte hörten sich gleichgültig und verloren an. Der kleine Junge steckte seine kleine Hand in die große. Als sie sich zum Gehen wandten, saß eine dicke schwarze Katze auf der Mauer und starrte sie aus grünen Augen an.

Der kleine Junge drückte sich fester an seinen Vater, während sie an ihr vorbeigingen. Er dachte an das runde Gesicht seiner Mutter, und an die schwarzhaarige Dame, der er in den Finger gebissen hatte.

Am Morgen hatte der Vater lange im Bad rumort, während der kleine Junge mit seinen Autos über die weichen Deckenberge auf dem großen Bett fuhr, in dem sie geschlafen hatten. Sein altes Reisekinderbett, fertig zusammengeklappt und mit einem neuen Matratzenüberzug versehen, war zusammen mit der Mutter plötzlich zuhause geblieben. Die Mutter hatte einen schmalen trotzigen Mund gehabt am Abfahrtsmorgen, und der Vater hatte ihren Koffer wieder vom Autodach geschnallt, ihre Schuhe aus dem Kofferraum auf die Straße geworfen und war mit dem kleinen Jungen davongefahren. Die Reifen hatten laut gequietscht, als sie um die Kurve bogen, und die Mutter hatte dort gestanden, einen roten Schuh in der Hand, und hinter ihnen her geblickt.

Der kleine Junge fuhr mit seinem Spielzeugauto um eine enge Kurve auf dem Hotelbett und quietschte.

Später liefen sie hinunter zur Piazza, setzten sich in der warmen Sonne auf die Stufen vor dem Dom. Die Tauben warfen ihnen prüfende Blicke zu und trippelten weiter. Ein alter Mann starrte mit offenem Mund herüber, mit weit auseinanderklaffenden Zähnen. In seinem Pullover war ein Loch.

Der kleine Junge saß ganz still. Er langweilte sich, aber er wagte nicht, sich von seinem Vater fortzubewegen, der neben ihm saß und alles um sich herum vergessen zu haben schien. Vorsichtig tastete der Junge nach dem Auto, das er beim Weggehen in seine Hosentasche gesteckt hatte. Es war ein kleiner roter Lastwagen, und er hielt ihn ganz fest in seiner Hand. Er fuhr mit dem Lastwagen ein wenig neben sich hin und her. Ein anderer Junge kam mit seinen Eltern die Stufen zum Dom hinauf. Er warf einen interessierten Blick hinüber zu dem Auto. Seine Mutter schob ihn weiter, ununterbrochen in der fremden Sprache redend.

Der kleine Junge wandte sich nach ihnen um, aber der andere blickte nicht zurück. Als er wieder nach dem Auto greifen wollte, glitt es dem kleinen Jungen aus der Hand und purzelte die Treppenstufen hinunter. Er sprang auf und fiel hinterher, schrappte mit seinem Ellenbogen über den harten Stein. Still blieb er liegen. Über ihm erschien das Gesicht der schwarzhaarigen Dame. Sie beugte sich zu ihm hinunter und griff nach seinem wehen Arm. Da fing er an zu weinen.

Der Vater hob ihn auf und streichelte seinen Kopf. Sein Arm wurde betrachtet, dann gingen sie hinüber in eine der Bars, um die Wunde auszuwaschen. Sie setzten sich an einen der kleinen Tische an der Piazza. Der Vater und die schwarze Dame sprachen und lachten miteinander. Der kleine Junge fuhr mit seinem roten Auto die Aluminiumkante des Tisches entlang.

Später gingen sie gemeinsam in den Klosterhof. Dort roch es nach feuchtem Staub und frischer Erde. Die Schuhe der schwarzen Dame klapperten auf den Steinen. Der Mann ging mit glänzenden Augen neben ihr her, während der Junge mit seinem Auto die Wand entlangfuhr und schließlich unter der Absperrung hindurch zu einem kleinen Löwen kroch, der all seine Beine verloren hatte und nun auf dünnen Drahtfüßen über der Erde schwebte.

Als sie ihn dort fanden, lachten sie über ihn. Der Mann zog ihn hervor und nahm ihn auf den Arm. Mit zerstreuter Geste fuhr er ihm über den Kopf, während er weiter mit der schwarzen Dame unterhielt. Sie verließen den Kreuzgang. Über ihnen bimmelten die Glocken des Domes.

Eine Weile noch standen sie unter den Arkaden und redeten. Endlich wandte sich die schwarze Dame zum Gehen. Sie lachte, und streichelte dem kleinen Jungen über den Kopf.

Da hatte er sie in den Finger gebissen.

Nun wanderten sie schweigend über blaugraue Steinplatten, zwischen den Olivengärten hinab ins Tal. Die Vögel zirpten wie verschreckte Grillen, und die Wolkenfrau rückte näher. Ein dicker rothaariger Bauer ließ sich von seinem Maultier die Stufen hinaufschleppen. Der Junge drängte sich eng an seinen Vater, während er den beiden mit den Augen folgte. Es roch nach Holzkohlefeuern, nach frischem Kalk und Gebratenem.

Die Häuser des nächsten Ortes waren grau wie das Felsgestein, aus dem sie herausragten. Eine Frau trat aus ihrer Stube und fragte was. Der große Mann blieb stehen, lächelte sein schiefes Lächeln und zuckte mit den Schultern, nickte auch einmal und ging dann mit einem Gruß weiter.

Er hatte es nun eilig. Mit großen Schritten sprang er die Stufen hinab. Der Junge lief hinter ihm her. Aus einer schräg an die Böschung gelehnten Mülltonne sprang ihm erneut eine schwarze Katze entgegen. Erschrocken blieb der Junge stehen. Grell und voll Feindseligkeit schimmerten die Katzenaugen in der dämmrigen Luft. Die Katze machte einen Buckel. Ihre Krallen scharrten auf dem Weg. Der Junge wich zurück, bis er kalte Mauersteine in seinem Rücken spürte. Er öffnete den Mund, holte Luft und Luft. Seine Wangen begannen zu glühen. Seine Kehle war eng, und trocken, und die viele Luft drückte sein Herz zusammen. Die Katze fletschte die Zähne, fauchte leise, schwang dann ihren Schwanz in einem lässigen Bogen in die Höhe und verschwand.

Vorsichtig atemete der Junge weiter. Seine Schultern fielen herab. Benommen sah er sich um. Sah die grauen

Mauersteine und den dunklen Weg, das intensive Blau der Glockenwinde, das Grün und Gelb der Gräser und weiter unten das Weiß der Dächer. Um ihn herum war es still. Die Wolkenfrau warf ihm Tropfen ins Gesicht und streckte ihre dunstigen Schwaden weiter hinab ins Tal. Der Junge fing an zu rennen, stolperte eilig die Stufen herunter und rief nach seinem Vater.

Der Weg machte eine Biegung. Vor ihm lag ein Platz aus grauem Stein. Wasser plätscherte leise in ein eckiges Becken, ein schmaler Lichtstrahl fiel aus einem der Häuser auf das Pflaster. Der Junge lief weiter, nahm den nächstbesten Weg. In seinen Ohren rauschte es. Hinter sich hörte er Schritte. Rufe hallten in seinem Kopf, seine Augen waren tränenblind. Er wich dem Schatten einer Betonmischmaschine aus, stolperte und streifte mit dem Arm den rauhen Putz einer Mauer. Die Wände rückten enger zusammen, wölbten sich bedrohlich.

Der Weg gabelte sich, und der Junge blieb stehen. Sein Herz klopfte wild. Wohin jetzt? Er fuhr sich mit dem Ärmel über das nasse Gesicht. Seine Beine fühlten sich an wie festgewachsen. In seiner Kehle saß ein dicker Kloß.

Ein leises Klicken hinter seinem Rücken ließ ihn zusammenfahren. Eine Lampe warf dunkle Schatten, ehe sie mit einem Sirren flackernd wieder erlosch. Die Schritte näherten sich. Der Junge drückte sich an die Mauer, zog die Schultern hoch, atmete flach und keuchend. Voll Entsetzen starrte er auf den riesigen Schatten zu seinen Füßen. Er machte einen Satz, stolperte und fiel.

Der große Mann beugte sich über ihn. Er hob ihn auf, murmelte beruhigend. Der Junge barg seinen Kopf an seiner Schulter, schluchzte erschöpft in den warmen Jackenstoff, während er getragen wurde, durch die milde Luft und im Schutz der Dunkelheit, die sie nun umgab, unterbrochen von immer neuen Inseln gelben Laternenlichtes.

In großen Schritten ging es weiter hinab.

Sie erreichten die Hauptstraße mit den kleinen Geschäften, den blendenden Lichtern und dem Geruch nach Benzin. Längst hatte der Junge den Kopf beiseitegedreht und den Daumen in den Mund gesteckt. Die hellen Gesichter der Leute flogen vor seinen Blicken vorbei, verschwanden im Dämmerlicht und im bunten Geglitzer der Lampen.

An einem der Tische an der Piazza saß die schwarze Dame. Winkend hob sie die Hand. Der große Mann verzögerte seine Schritte. Der kleine Junge vergrub das Gesicht fest im rauhen Stoff seiner Jacke und kniff die Augen zu. In der Nähe dröhnte Gelächter, und dicht an seinem Ohr schrie eine rauhe Stimme fremde Worte.

Er fühlte sich davongetragen, und als er vorsichtig den Kopf hob und an der Schulter seines Vaters vorbeispähte, traf ihn der Blick ihrer grünen Augen.

Der kleine Junge sah über sie hinweg, blickte in die Laterne über ihrem schimmernden schwarzen Haar. Nach einem langen Augenblick senkte die schwarze Dame den Kopf und griff nach ihrer Zigarette. Der Junge starrte weiter in die lichtdurchtränkte Dunkelheit und sog den Geruch des sehr großen Mannes ein, der ihn zurücktrug.

Mathilde

Heidrun Heil

Tante Frieda stand in der Tür, hochgewachsen wie ein Baum. Sie breitete die Arme wie Äste aus:

„Komm her, mein Täubchen, lass dich umarmen zu deinem Geburtstag."

Mathilde flog ihrer Tante entgegen, ein zarter, kleiner Vogel, der sich auf Tante Friedas breiten Armen niederließ. Eine Runde Karussell. Mathilde fühlte sich beim Herumwirbeln schwindelig wie ein kleines Mädchen, obwohl heute doch schon ihr achtzehnter Geburtstag war. Tante Frieda war Mathildes Lieblingstante. Seit die Straßenbahn bis Use Akschen erweitert worden war, konnte Mathilde sie bequem und wann immer es ihr möglich war in Gröpelingen besuchen. Sie liebte die halbe Stunde in der holprigen Bahn, denn es gab immer etwas, auf das sie sich freuen konnte bei Tante Frieda. Ob es eine Käsetorte oder ein Gespräch über Malerei war – Langeweile kam nie auf. Seit ein paar Wochen unterhielten sie sich nun schon über Tante Paula, die Künstlerin gewesen war. Sie starb jung und hatte in ihrem kurzen Leben wenig Erfolg mit ihren Bildern gehabt. Sie starb im selben Jahr, als Mathilde geboren wurde.

„Komm, Mathilde, ich lade dich zur Feier des Tages zum Eisessen ein. Es gibt eine neue Konditorei in der Domsheide mit feinem Kuchen und gutem Eis. Du darfst dir aussuchen, was du willst."

Mathilde war überrascht. Eigentlich hatte sie mit einem selbstgebackenen Kuchen im gemütlichen Wintergarten ihrer Tante gerechnet. Frieda schien andere Pläne zu haben. Schnell zog sie ihren Mantel an und setzte sich den eleganten cremefarbenen Hut auf, den Mathilde so mochte. Er war erst kürzlich in Mode gekommen und ließ Friedas Silhouette mit seiner schmalen Topfform und eng anliegenden Krempe schlanker erscheinen.

Die Haltestelle befand sich gleich um die Ecke. Als sich die beiden auf den harten Holzbänken der Straßenbahn einander gegenüber niederließen, blickte die Tante ihre Nichte lange an, ohne ein Wort zu sagen. Die junge Frau lächelte erst, doch Tante Frieda wirkte auf einmal nachdenklich und nicht mehr so ausgelassen wie vorher. Mathilde sah befangen zu Boden und begann, mit ihren Füßen zu scharren.

„Ist etwas, Tante Frieda?"

Die Straßenbahn fuhr mit einem Ruck an.

„Ach, mein Täubchen", seufzte die Tante und blickte auf ihre geäderten Hände, die zwar gepflegt aussahen, aber das Alter der fast Fünfzigjährigen nicht verbergen konnten.

„Ist dir nicht wohl? Sollen wir zu Hause bleiben?"

„Nein, Kind, es geht schon."

Die Tante lächelte gequält und blickte aus dem Fenster. Gerade zogen die schäbigen Häuser der Hafenarbeiter vorbei. In dieser scheußlichen Gegend musste Mathilde zum Glück noch nie aussteigen. Dabei lag das hübsche Häuschen ihrer Tante nur wenige Straßen entfernt. Die Stadt war in den letzten zwei Jahrzehnten zur Großstadt aufgestiegen, da konnte mancher Stadtteil nicht so schnell mithalten und sein Erscheinungsbild verändern. Das

Leben der Hafenarbeiter war nach wie vor hart und entbehrungsreich, die Vergnügungen der wilden Zwanziger Jahre fanden hier nicht statt. Mathilde war in einem anderen Stadtteil wohlbehütet in einer großen Villa mit parkähnlichem Garten aufgewachsen. Dort gingen viele Künstlerfreunde ihres malenden Vaters ein und aus.

„Deine Mutter hat neulich mit mir gesprochen. Sie möchte, dass ich dir etwas sage."

Tante Friedas Stimme klang verändert, irgendwie tiefer als sonst. Auch blickte sie Mathilde nicht mehr in die Augen, sondern nestelte an ihrem Mangelkragen, setzte schließlich ihren Hut ab und legte ihn auf ihren Schoß.

„Ist sie wieder nicht zufrieden mit meinen Noten? Ich weiß, sie ist eigentlich dagegen, dass ich die Reifeprüfung mache. Wo sie doch gar nicht will, dass ich studiere."

Tante Frieda lächelte müde: „Ach, wenn es nur das wäre…"

Mathilde konnte sich beim besten Willen kein Thema vorstellen, bei dem ihre Tante Grund hätte, so ernst zu sein. Vielleicht hatte sie in der letzten Zeit doch etwas falsch gemacht, ohne es selbst zu bemerken. Bei ihrer Mutter hingegen war es anders: Mathilde lebte mit dem ständigen Gefühl, selten etwas richtig zu machen. Natürlich liebte sie ihre Mutter, aber da war eine kaum spürbare Distanziertheit, die sie sich nicht erklären konnte. Sie hatte schon oft gegrübelt, ob es daran lag, dass sie beide so unterschiedlich waren. Doch über diese Momente half ihr meist Lieblingstante Frieda hinweg, indem sie sich für Mathilde interessierte und sie liebevoll unterstützte. Die

Holzbank drückte von unten unangenehm hart. Gerade fuhren sie am Friedhof entlang.

„Weißt du noch, als ich dir vor ein paar Wochen ausführlicher von Tante Paula erzählte?"

Mathilde erinnerte sich genau, denn die grob gemalten Bilder dieser anderen Tante, die sie nie kennengelernt hatte, gefielen ihr anfangs nicht wirklich. Zu hölzern, fast grobschlächtig wirkten sie. Tante Frieda hatte ihr daraufhin erklärt, was das Besondere an der Malerei ihrer Schwester gewesen war: Sie konnte gleichzeitig das Grobe und das Feine, Anmutige in ihren Menschengestalten darstellen. Und dass beides ja auch in jedem Menschen angelegt sei. Mit diesem neuen Blick konnte Mathilde ihrer Malerei dann doch etwas abgewinnen. Die Farben waren gut gewählt, oft kräftig und ausdrucksstark. Keine nach dem damaligen Schönheitsideal hübschen Menschen waren das, sondern bäuerliche, bodenständige, denen das entbehrungsreiche Leben auf dem Land ins Gesicht geschrieben schien. Tante Paula hatte längere Zeit in der Künstlerkolonie Worpswede gelebt und gearbeitet. Die Moorlandschaft, in der sie die Menschen malte, zeigte den weiten Horizont der Tiefebene mit ihren Birken und Wasserläufen. Je länger Mathilde manche Bilder betrachtete, desto tiefer, inniger in der Empfindung und desto menschlicher erschienen sie ihr.

Gerade blitzte wieder die Weser hinter den Häusern auf. Mathilde konnte sich nicht erklären, warum sie sich so niedergeschlagen fühlte, obwohl die Sonne an diesem Tag noch einmal ihre ganze Kraft zusammennahm – goldener Oktober. Sie sah fragend die Tante an, während das Wetter über sie spottete. Tante Frieda atmete einmal tief durch, setzte ihren Hut wieder auf und blickte Mathilde fest in die Augen:

„Mathilde, deine Tante Paula ist –"

Der Ruck der Straßenbahn riss die Fahrgäste von ihren Bänken, Bremsen quietschten. Mathilde landete mit ihrem Oberkörper auf dem Schoß Tante Friedas. Benommen richtete sie sich auf. Draußen vor der Straßenbahn halfen Passanten einem gestürzten Radfahrer auf die Beine. Der schien zum Glück unverletzt, nur um Haaresbreite war die Straßenbahn vor ihm zum Stehen gekommen. Mathilde schüttelte ungläubig den Kopf. Diese modernen Transportmittel waren doch gefährlich.

„Hast du mich gehört, Mathilde?"

Ganz dicht stand die Tante jetzt vor ihr. Ihre astigen Arme fassten sie an beiden Schultern.

„Nein, es war so laut gerade. Es tut mir leid, wenn ich dir mit meinem Sturz wehgetan habe." Mathilde fröstelte bei dem Gedanken an den Unfall: „Die Straßenbahn hätte ihn überrollen können."

Zu Mathildes Überraschung schüttelte Tante Frieda sie mit beiden Händen an den Schultern, dass es fast schmerzte. Die Tante schien aufgewühlt zu sein.

„Sie ist deine leibliche Mutter!", sprach sie mit eindringlicher Stimme.

Die Straßenbahn fuhr wieder – nur noch wenige Meter bis zur Haltestelle Am Brill. Wie durch einen Schleier nahm die junge Frau wahr, dass an der Station viel Treiben herrschte. Was hatte sie hier zu suchen, in einer Straßenbahn? Und ihre geliebte Tante hatte heute nichts

Besseres zu tun, als ihr den achtzehnten Geburtstag zu verderben! Mathilde kamen auf einmal Zweifel: „Woher willst du das denn wissen? Ist das ein Scherz?"

Die Tante schüttelte so heftig den Kopf, dass ihr Hut zu Boden fiel. Sie machte keine Anstalten, ihn wieder aufzuheben.

„Deine Eltern haben es mir gesagt."

Tante Frieda starrte auf den Hut am Boden.

„Warum hat Mutter es mir nicht selbst gesagt?"

Mathilde begann zu zittern und sank zurück auf die Holzbank, von einem unsichtbaren Gewicht heruntergedrückt.

„Sie hat sich nicht getraut, und dein Vater schlug vor, dass ich es dir sagen solle. Deine Mutter war einverstanden."

„Sie ist nicht meine Mutter", stieß Mathilde mit gepresster Stimme hervor, die Hände auf dem Schoß zu Fäusten geballt. Tränen schossen ihr in die Augen, liefen über ihre Wangen und tropften auf ihr Kleid, wo sie zu dunklen Flecken wurden. Einige Fahrgäste drehten sich zu ihr um. Tante Frieda sah teilnahmslos aus dem Fenster, als ginge sie Mathildes Gefühlsausbruch nichts an. „Feiglinge!"

Nun drehten sich alle Fahrgäste zu den beiden Frauen um.

„Reiß dich zusammen, Mathilde!", flüsterte Tante Frieda, sich mit einem Taschentuch die Nase schnäuzend, während sie mit der anderen Hand endlich nach ihrem Hut auf dem Boden griff.

Dort war schon das Rathaus – Zeit auszusteigen. Die Tante setzte ihren Hut wieder auf, erhob sich um zu gehen, aber Mathilde blieb sitzen. Immer noch liefen ihr dicke Tränen über das Gesicht, sie schluchzte. Die Tante setzte sich zurück auf die Bank und blickte schweigend auf ihre Nichte. Glücklicherweise leerte sich die Straßenbahn nun. Einige Haltestellen später brach es aus Mathilde heraus.

„Warum hier und heute?"

Die Tante zuckte kurz mit den Schultern. Ihr Hut war zur Seite gerutscht, so dass sie ihn mit einer Handbewegung tief bis zu den Augen herunterzog.

„Weißt du, wir haben überlegt, es dir möglichst schonend beizubringen. Dann sind wir auf die Idee mit der Straßenbahn gekommen. Da können die Gefühle nicht so entgleisen, wie das zu Hause wohl der Fall gewesen wäre. Wir können in Ruhe über alles reden."

„Was für eine dämliche Idee!"

Die junge Frau bekam vor Empörung kaum Luft. Sie spürte einen Druck auf ihrer Brust, und von unten drückte die Holzbank, kaum noch auszuhalten war das. Warum nur hatte sie Straßenbahnfahren jemals schön gefunden?

„Wollen wir am Goetheplatz aussteigen? Da gibt es auch noch ein elegantes Café, Mathilde. Wir können uns dort in Ruhe unterhalten."

„War Papa verheiratet mit ihr?"

Mathilde schossen so viele Dinge auf einmal durch den Kopf. Warum hatte sie nie nachgefragt, über welchen verwandtschaftlichen Grad sie mit Tante Paula verbunden war? Tante konnte fast jeder heißen.

Frieda nickte, und Mathilde bebte. Über diese Ehe wurde in der ganzen Familie nicht gesprochen. Der Goetheplatz lag schon hinter ihnen. Mathilde war alles recht, um nur nicht Eis essen zu müssen mit Tante Frieda. Ihr war ohnehin der Appetit vergangen.

„Also bin ich das Kind von der malenden Künstlerin, mit der Vater verheiratet war."

Mathilde wunderte sich ein wenig über ihre neue Abstammung, denn sie selbst spürte keinerlei Drang zu malen oder bildhauerisch tätig zu werden. Und dabei war ihr Vater sogar ein Künstler, der mit seinen Bildern Geld verdiente.

Die Straßenbahn ratterte immer weiter Richtung Weserwehr.

„Warum erst jetzt die Wahrheit?"

„Das musst du deinen Vater fragen."

Wieder zuckte die Tante mit den Schultern, als wenn sie die Verantwortung abschütteln wollte. Aber Tante Frieda steckte doch auch tief drin in diesem Sumpf aus Unehrlichkeit. Immerhin war sie die Schwester der Künstlerin. Wie konnte die geliebte Tante es wagen, ihr auf diese Weise die Wahrheit über ihre leibliche Mutter beizubringen! Fassungslos und enttäuscht sah Mathilde aus dem Fenster. Ihre Augen brannten vom vielen Weinen. Es waren kaum noch Fahrgäste im Waggon. Endlose Reihenhauszeilen wurden durch einsame Villen abgelöst. Zwischen Wiesen und kleinen Herbstwäldern blitzte immer wieder die Weser wie ein großer Tränenstrom auf.

„Vielleicht", hob die Tante nach einer langen Pause an, „lag es daran, dass deine Mutter so rebellisch war. Immer hat sie ihren eigenen Willen durchgesetzt. Sie war keine gute Ehefrau, wenn man das so sagen darf. Immer nur hat sie an ihre Malerei gedacht. Ist einfach so über Nacht nach Paris gereist, um dort an einer privaten Kunstschule zu studieren, ohne deinem Vater Bescheid zu geben."

„Und was ist so besonders schlimm daran? Du warst doch auch mal jung!" Wieder stieg der Druck in Mathildes Brust.

„Wir hatten die Befürchtung, dass du auch so werden könntest, wenn du wüsstest, wer deine leibliche Mutter war."

„Ich verstehe nicht, wie ihr mit dieser Lüge…"

„ENDHALTESTELLE! Alle Fahrgäste aussteigen, bitte!" Die Stimme des Schaffners durchschnitt wie ein Schwert die unangenehme Stille.

„Dein Vater dachte, du seist jetzt alt genug für die Wahrheit."

Tante Frieda sah auf ihre geäderten, alten und hässlichen Hände. Sie saß versteinert da.

Mathilde stand ohne ein Wort auf und stieg aus. Sie brauchte dringend frische Luft. Auf dem Trottoir, mit festem Boden unter den Füßen, fühlte sie sich augenblicklich wohler. Sie hielt ihr noch feuchtes Gesicht in die Oktobersonne. Es dauerte nicht lange, bis die letzte Träne getrocknet war. Die Tante blieb im Waggon sitzen, sie hatte den Kopf gesenkt, soweit Mathilde das erkennen konnte. Sie schien verstanden zu haben, dass sie nun allein sein musste. In zwanzig Minuten würde die Straßenbahn wieder Richtung Gröpelingen fahren. Mathilde würde zu Fuß nach Hause gehen, immer an den Gleisen entlang. Was änderte sich mit dieser Nachricht? Gedanken überschlugen sich, Fragen türmten sich auf. So schnell würde Mathilde sich nicht zufrieden geben. Sie musste Ordnung in ihre Gefühle bringen. Das Gehen an den Schienen entlang tat ihr gut.

Zu Hause warteten ihre Eltern auf sie. Mathilde würde sie zur Rede stellen.

Anmerkung der Autorin

Ein kleiner Satz in einer Schrift über die Künstlerin Paula Modersohn-Becker gab die Inspiration zu dieser fiktionalen Geschichte. Dort hieß es knapp, dass ihre einzige Tochter vermutlich auf einer Straßenbahnfahrt erfuhr, wer ihre leibliche Mutter war.

Museum der verlorenen Dinge

Beate Quester-Brüning

Ich stamme aus einer Kleinstadt in Westfalen. Nach dem Abitur studierte ich Betriebswirtschaft an einer süddeutschen Universität. Nichts zog mich danach zurück in die alte Heimat, und so nahm ich eine Stelle in der Verwaltung eines schwäbischen Zementwerks an. Im Umkreis gab es nur eine größere Stadt. Dort fand ich eine kleine, aber günstige und zentral gelegene Wohnung. Der Ort selbst war überschaubar und behäbig. Altes und Neues drängten sich dicht aneinander – mittelalterliche Viertel neben Neubaugebieten, alteingesessene Bekleidungsgeschäfte neben Billig-Discountern, junge Leute in zerrissenen Jeans neben alten Herrschaften mit Trachtenjacken.

Ab und zu ging ich mit Kollegen essen, ins Kino oder Theater. Ich belegte regelmäßig Italienisch- und Yoga-Kurse in der Volkshochschule. Am Wochenende unternahm ich längere Spaziergänge und besuchte Ausstellungen.

Sporadisch stellte sich ein Liebhaber ein und bescherte mir eine Affäre, die ich zumeist ohne Bedauern nach kurzer Zeit wieder beendete.

Es ging mir nicht schlecht. Auch, wenn ich die fünfzig bereits überschritten hatte, gab es gesundheitlich nichts zu beklagen – abgesehen von Schlafstörungen, die mich seit Längerem beeinträchtigten. Dagegen half ein Medikament, das mir mein Hausarzt verschrieben hatte.

Samstags besuchte ich regelmäßig den Markt auf dem großen Kirchplatz im Stadtzentrum, um frisches Gemüse und Obst zu kaufen.

War meine Einkaufstasche nicht zu schwer, wählte ich für den Nachhauseweg nicht die kürzeste Strecke durch die Fußgängerzone, sondern streifte mäandernd durch verwinkelte Seitengassen im Schatten geduckter Fachwerkhäuser. Eines dieser Gässchen übte auf mich einen besonderen Reiz aus, eine Mischung aus sentimentalen Entzücken und vagem Unbehagen.

Die wenigen Ladengeschäfte in der Gasse hätten durchaus als Kulisse von Nachkriegsfilmen dienen können. Da gab es einen Sattler, dessen Auslage aus einem verstaubten Pferdesattel, Fettdöschen mit altmodischen Beschriftungen und längst aus der Mode gekommenen Handtaschen bestand. Im Schaufenster des Antiquitätenhändlers gegenüber wurden immer die gleichen zerfledderten Bücher, Fünfzigerjahre Lampen, Hirschgeweihe und Ölgemälde mit düster verschwommenen Landschaften präsentiert. Auch an dem Bäcker direkt nebenan schienen die letzten Jahrzehnte spurlos vorübergegangen zu sein. Ganz unzeitgemäß bot er nur zwei Sorten Brötchen an, Roggen- und Weizensemmeln. Durch die Glastür konnte ich einen Blick auf die ältliche Bedienung im vergilbten Kittel werfen, die meist reglos hinter der Theke stand und die gleiche Blässe und Unappetitlichkeit ausstrahlte wie die ausgelegten Gebäckstücke.

An diesem Samstag trieben mich heftige Windböen und Regenschauer schneller als sonst über den Markt. Ich wollte Käse, Brot und Äpfel besorgen. Beim Obststand bemerkte ich, dass der eine Henkel der Stofftasche, die ich mitgenommen hatte, abgerissen war. So musste ich mir eine Plastiktüte geben lassen.

Ich weiß nicht mehr, was mich bewog, trotz des schlechten Wetters den Umweg über das besagte Seitengässchen zu wählen. Vielleicht war es das abschreckende Gedränge der Regenschirme auf der Fußgängerzone, vielleicht aber auch die Hoffnung, in der engen Gasse von den heftigen Windböen verschont zu bleiben. Mit der vollgestopften Plastiktüte in der Hand eilte ich an den Läden vorbei, ohne sie eines Blickes zu würdigen. Ich hatte das Ende des Gässchens schon fast erreicht, als plötzlich die Tüte riss und sich mein Einkauf über die schwarzglänzenden Pflastersteine ergoss. Fluchend klaubte ich zuerst das Brot und die Käsepackung, dann ein Obststück nach dem anderen wieder auf und steckte es in die Stofftasche mit dem kaputten Henkel, die mir als einzige, wenn auch unkomfortable Tragemöglichkeit blieb. Ein Apfel kullerte besonders weit und sprang ein paar verwitterte Steinstufen hinunter, die zum Kellereingang eines der alten Fachwerkhäuser führte. Die Stufen endeten vor einer morsch aussehenden Holztür, an der ein Schild klebte, das mir bisher nie aufgefallen war. Die schnörklige, verblasste Schrift ließ sich kaum entziffern.

Museum der verlorenen Dinge.
Eintritt jederzeit und kostenfrei.

Von diesem Museum hatte ich noch nie gehört. Es stand weder in den Stadtführern, die ich zur Wochenendplanung durchblätterte, noch hatte einer meiner Bekannten, nach lohnenden Ausflugszielen gefragt, es jemals erwähnt.

Eintritt jederzeit? Zaghaft griff ich an den altertümlichen Messingknauf unter dem Schild. Ich zuckte zusammen, als dieser sich mit Leichtigkeit drehen ließ und die Tür knarrend aufging.

Oft überlege ich noch heute, was mich trieb, das Museum zu betreten. Neugier, museales Interesse oder die Hoffnung auf einen Museumsshop, der Tragetaschen anbot? Manchmal denke ich, dass mich etwas magisch anzog, und manchmal denke ich, dass ich einfach durchnässt war und fror und hoffte, mich hier aufwärmen zu können.

Ein Geruch von Verfall und Vergangenem beherrschte das fensterlose Kellergewölbe, das durch eine einsame Deckenlampe am Eingang karg beleuchtet wurde. Brüchige Steinfliesen bedeckten den Boden, und an den unverputzten Wänden hingen weder Bilder noch Hinweisschilder, wie ich es von einem Museum erwartet hätte. Ein paar Vitrinen verteilten sich schemenhaft im Dämmerlicht. Kein Mensch war zu sehen. Das Ende des Raumes verlor sich in Dunkelheit.

Neben mir ertönte ein Räuspern. Ich fuhr herum. Da saß eine Frau auf einem Holzstuhl und strickte, wobei sie stumm die Lippen im Rhythmus der Nadeln bewegte. Ihr weißes Haar war das Einzige, was sich vom grauen Verputz der Wand hinter ihr abhob, so dass sie mir nicht sofort aufgefallen war. Sie trug ein graues, hochgeschlossenes Kleid, und der Schal, den sie strickte, war vom gleichen Grau. Über den Rand einer Nickelbrille sah sie zu mir auf und unterbrach ihre Stricktätigkeit. Als ich sie näher betrachtete, fiel mir ihr faltenloses, blasses Gesicht auf, das es unmöglich machte, ihr tatsächliches Alter einzuschätzen.

„Entschuldigen Sie bitte, was ist das für ein Museum hier?", fragte ich. „Warum ist es so dunkel? Haben sie geschlossen?"

Sie sah mich schweigend an. Mir wurde unbehaglich unter ihrem durchdringenden Blick. Schließlich verzog sich ihr Mund zu einer Art Lächeln, das mir fast spöttisch erschien.

„Wir haben durchgehend geöffnet." Die Stimme der Frau war so farblos wie ihre Erscheinung. „Das Licht ist immer ein Problem."

Sie zog die Schublade einer Kommode auf, die sich neben dem Stuhl befand und ihr als Wollablage diente, zog eine Taschenlampe hervor und streckte sie mir entgegen.

„Schauen Sie sich in Ruhe um."

Unentschlossen stand ich da, mit beiden Armen die kaputte Tasche umklammernd.

„Sie können ihre Sachen hier stehen lassen. Ich passe darauf auf."

Ich stellte meine Einkaufstasche ab und nahm die Taschenlampe in Empfang.

„Gehen Sie einfach", sagte die Frau. Es klang ein wenig ungeduldig. Sie beugte sich wieder über ihr Strickzeug, ohne mich weiter zu beachten.

Das Einzige, was sich in der ersten Vitrine befand, war ein schwarzes Samtkissen, auf dem eine billige Halskette mit einem rosa Plastikherz als Anhänger lag. Keine Beschriftung, kein weiterer Anhaltspunkt half mir dabei, den Sinn dieser Präsentation zu erfassen. Während ich das Ausstellungsstück irritiert betrachtete, stieg eine schwache Erinnerung in mir auf.

Ich hatte eine solche Kette schon gesehen, ja, sie sogar besessen. Ich musste sechs oder sieben Jahre alt gewesen sein. Damals hatte es an den Straßenecken diese Automaten mit Drehhebeln gegeben, die Kinder mit buntem Kaugummi und billigem Firlefanz in Überraschungskugeln lockten. Einer meiner Onkel hatte mir ein Geldstück spendiert. Er hatte mich hochgehoben, damit ich die Münze in den Schlitz des Automaten werfen konnte, denn ich war noch zu klein gewesen, um ihn selbst zu erreichen. Er hatte mir auch geholfen, den schwergängigen Hebel zu drehen. Hier, vor der Vitrine, meinte ich wieder die starke, grobe Hand zu spüren, die meine Finger umschlossen und geführt hatte. Eine der Überraschungskugeln war in das Ausgabefach gekullert, und ich war vor Anspannung fast geplatzt. Was würde sich Wunderbares in ihrem Inneren befinden? Es war genau so eine Kette gewesen, wie sie jetzt vor mir lag. Der Onkel hatte sie mir umgebunden, und ich hatte sie voller Stolz jeden Tag getragen, bis mir jemand vom Schatz der Nibelungen und dem Zwerg Alberich erzählte.

Damals glaubte ich noch an Märchenwesen und Wunder, und so beschloss ich, mit dem Wertvollsten, was ich besaß, nämlich dieser Kette, einen Zwerg, vielleicht den berühmten Alberich selbst, anzulocken. Bei einem der üblichen Sonntagsspaziergänge mit den Eltern durch einen nahegelegenen Park versteckte ich die Halskette zwischen den Wurzeln eines alten Baumes. Aufgeregt überprüfte ich danach bei jedem Parkbesuch, ob mein Schatz noch da war. Nach ein paar Wochen war die Kette verschwunden. Die Zwerge jedoch blieben unsichtbar.

Während ich auf die Vitrine starrte, erfüllte mich eine seltsame Mischung aus Wehmut und Beklommenheit. Ich atmete tief ein und versuchte, meine Gedanken zu sortieren. Es musste reiner Zufall sein, dass hier die gleiche Kette präsentiert wurde, die ich damals besessen hatte. Der Sinn dieser Ausstellung blieb mir ein Rätsel. Sollten hier mit altem Plunder nostalgische Gefühle geweckt werden oder gab es ein weit hintergründigeres Motto, das sich mir noch nicht erschloss? Ich wollte zurückgehen, um die Frau am Eingang zu fragen. Der Stuhl war leer. Sie war verschwunden.

Wachsender Unmut drängte mich, diesen seltsamen Keller sofort zu verlassen. Mit einer Restspur von Neugier zog ich jedoch weiter und richtete den Strahl der Taschenlampe auf die nächste Vitrine.

Ein angeknabberter Bleistiftstummel. Was sollte das? Eine Hommage an alte Schulzeiten?

Flackerndes, lockendes Sonnenlicht auf Schulbänken. Schläfrig verträumt kaue ich auf einem Bleistift herum, während sich die sonore Stimme der Lehrerin mit dem Summen einer Fliege am geschlossenen Fenster vermischt, die der Schwüle des Klassenzimmers vergeblich zu entfliehen versucht. Dann im Befehlston mein Name. Ich weiß nicht, um was es geht, stottere, mir wird furchtbar heiß und ...

Heftig schüttelte ich den Kopf, um schnell wieder in die Düsternis des Museumskellers zurückzukommen. Noch konnte ich mir einreden, dass ich mit der Vermutung über das Ausstellungsthema – alte Gegenstände, die zurzeit meiner Kindheit gebräuchlich waren – richtig lag.

Ich stieß beim Weitergehen mit dem Fuß an ein Vitrinenbein. Es schmerzte, und ich fluchte. Das Taschenlampenlicht huschte über einen Würfelzucker, der dort, ebenfalls auf ein Samtkissen gebettet, ausgestellt war. Würfelzucker waren ebenso aus der Mode gekommen wie Kaugummiautomaten und Bleistifte. Papiertütchen hatten sie abgelöst, aus denen Zuckerkrümel wie Pulver rieselten. Ich taumelte. Ein gnädiger Vorhang des Vergessens zerriss, und wie der Sog, der beim Umrühren des Kaffees den Zucker hinunterzieht und auflöst, saugte mich meine Vergangenheit endgültig ein.

Wir waren zu fünft gewesen und besuchten alle das gleiche Gymnasium. Unsere Eltern hatten zu viel Geld und zu wenig Zeit, und jeder von uns hatte mit einer ungesunden pubertären Mischung aus Arroganz und Minderwertigkeitskomplexen zu kämpfen. Damit hörten die Gemeinsamkeiten auf. Das Einzige, was uns zusammenführte, war die Verachtung aller anderen Mitschüler. Diese wiederum mieden uns, weil sie uns für Freaks hielten.

Lars war Jim Morrison, unser poetisches Alpha-Tier, blonde lange Haare, basketballgestählter Körper, blaue Augen, unter deren Blick sich jeder wie ein Wurm fühlte. Hanna war Gudrun Ensslin, wild, unbarmherzig, ungekämmt, mit trotzig hochgerecktem Kopf. Klaus war Sid Vicious, knallgrüne Igelhaare, aggressiv, um sich rotzend und nach zwei Flaschen Bier unberechenbar. Dann unser Marylin Manson: Harald, in Schwarz, niemals lächelnd, vernarbte Arme, die er unter langärmligen T-Shirts verbarg. Zum Schluss ich, ein wenig Groupie für alle, ein Fähnchen im Winde, das hinter denen herrannte, die gerade angesagt waren. Heute Punk, morgen Grufti, übermorgen Hippie, aber niemals normal und niemals ich selbst.

Es war das Jahr vor dem Abitur. Am letzten Schultag verabredeten wir uns abends bei Lars, dessen Eltern in Brasilien unterwegs waren. Draußen regnete es in Strömen. Meine Haare trieften, als Lars die Tür öffnete. Kajal floss mir schwarz die Wangen hinunter. Die anderen waren schon da. Aus der Hi-Fi-Anlage dröhnten die Sex Pistols, Bierflaschen rollten auf dem Teppich herum, es knisterte nach hemmungsloser Freiheit. Sechs Wochen Ferien lagen vor uns. Was danach kam, wollten wir nicht sehen und nicht wissen. Jetzt noch einmal feiern, noch einmal explodieren, denn hinter dem Schulabschluss lauerte das öde Leben der Erwachsenen, das uns einzuholen drohte.

Wir saßen im Kreis um einen Handspiegel, den Lars auf den Boden gelegt hatte. Er zog kleine Tütchen hervor, ließ es weiß wie Zucker auf den Spiegel rieseln, zog Linien, ein Strohhalm ging reihum, wir schnieften, schnäuzten und fühlten uns noch unbesiegbarer, als wir es schon vorher gewesen waren.

Irgendwann stahl sich ein Sonnenstrahl zwischen den dichten Wolken ins Zimmer. Er fiel direkt auf den Spiegel und forderte uns auf, nach draußen zu kommen. Wir rannten unbändig durch den nachlassenden Regen und fingen die verschwindende Sonne ein. Feuchte, Kälte, warmer Wind – nichts konnte uns etwas anhaben. Wir waren Helden, allwissende Aliens, die mitleidig und verächtlich auf die armselige Menschheit schauten, die ihr kümmerliches Dasein in Dummheit und Hässlichkeit fristete.

Der Würfelzucker im Museum zog diesen Nachmittag aus der Vergessenheit hervor. Ich spürte wieder, wie es gewesen war, im Regen zu tanzen, und eine schwarze Wand in mir begann zu bröckeln. Verzweifelt stemmte ich mich gegen sie. Mein Magen verkrampfte sich, und das Atmen fiel mir schwer.

Hinter mir ertönte ein Schlurfen. Niemand war zu sehen. Ich stolperte zur nächsten Vitrine. Unbarmherzig huschte der Taschenlampenstrahl über einen lädierten, speckigen Hut, dessen ursprüngliche Farbe unter eingetrocknetem Schlamm und rostbraunen Flecken kaum zu erkennen war.

Diesen Hut hatte ich das erste und letzte Mal vor über dreißig Jahren gesehen, kurz nach dem Regentanz. Ich träumte jede Nacht von ihm. Die schwarze Wand zerfiel und enthüllte, was jahrzehntelang verborgen gewesen war.

Wir waren zum See gewankt, ausgelassen lachend und ohne uns abzusprechen, denn wir wussten, was unser Ziel war. Am See stand eine Bank, halb verdeckt unter einer Trauerweide – ein Ort wie geschaffen für gebrauchte Kondome und leere Wodkaflaschen.

„Was das denn?", entfuhr es Klaus, als wir uns der Weide näherten. Da lag etwas auf der Bank. Wirre, fettige Haare lugten unter einem zerbeulten Hut hervor, der Rest verschwand in einem schmutzigroten Schlafsack. Das Etwas schnarchte und roch nach Alkohol und Pisse. Wortlos schauten wir uns an. Wir waren uns einig. Dieses Etwas hatte unseren Platz entweiht, das musste weg.

Klaus trat mit seinen Springerstiefeln gegen den Schlafsack und brüllte: „Hey, verschwinde alter Sack!".

Das Etwas zuckte zusammen, und ein runzlig verlebtes Gesicht kroch hervor. Es stierte uns trunken und verschlafen an. Harald schnitt mit seinem Taschenmesser einen Weidenzweig ab und fuchtelte mit ihm wie mit einer Peitsche herum.

„Du solltest dich beeilen", flötete er und schlug mit dem Zweig auf den Schlafsack ein. Ächzend erhob sich das Etwas, murmelte Unverständliches vor sich hin, kroch mühsam hervor und versuchte, aufzustehen. Seine holprigen Bewegungen und sein ekelerregender Geruch steigerten unsere Gereiztheit.

„Du stinkendes Stück Dreck", keifte Hanna und hielt sich provokativ die Nase zu. „Du gehörst entsorgt!"

„Das ist gut", fiel Klaus ein und fing an, hysterisch zu lachen. „Entsorgt, das ist gut."

Wieder trat er zu mit seinen schweren Stiefeln, diesmal in den Bauch des Mannes. Der stöhnte, krümmte sich und kippte vornüber in den nassen Sand. Wie er dort kniete, inmitten Zigarettenstummeln und Kronkorken jammernd, die Hände auf den Bauch gepresst, entfachte er in uns eine unbändige Wut. Der Penner offenbarte sich uns als das Abbild der widerwärtigen Menschheit. In ihm vereinigte sich die Hässlichkeit der Welt, gegen die wir so hilflos waren. Wir traten alle auf ihn ein, schrien und schimpften. Im Rausch schlugen wir zu, immer wieder und wieder, boxten und johlten unsere Kraft und Stärke in die beginnende Dämmerung hinaus.

Auf einmal wurde es still. Blutüberströmt lag der Mann da und bewegte sich nicht mehr. Wir starrten auf ihn nieder und japsten nach Luft, während der Regen wieder stärker wurde, die Weidenzweige durchdrang und uns vollends durchnässte.

Lars war der Erste, der sich rührte. „Der muss weg", sagte er.

Wir stopften den Mann mitsamt Hut in den Schlafsack, beschwerten ihn mit Steinen, zerrten das Bündel an das Ende des naheliegenden Stegs und stießen es ins Wasser. Dann gingen wir zurück zu Lars nach Hause.

Dort zogen wir unsere nassen Hosen und T-Shirts aus, warfen sie in die Waschmaschine und hüllten uns in Decken, tranken Bier und hörten Musik, bis das weiße Pulver aufhörte, in uns zu toben und endlich schlafen ließ.

Als ich am nächsten Morgen aufwachte und benommen in die Küche wankte, um mir ein Glas Wasser zu holen, stand dort Hanna mit morgenzerzaustem Haar am Fenster und starrte in einen tiefblauen Sommermorgen. Ich stellte mich neben sie, schaute ebenfalls hinaus und mied ihren Blick.

„Was haben wir bloß gemacht?", flüsterte ich. Die Erinnerungsfetzen an die letzte Nacht, die in meinem Hirn herumwirbelten, erfüllten mich mit einer Furcht, die ich nicht packen konnte. Hannas kristallgrüne Augen wandten sich mir zu und durchbohrten mich.

„Es war Klaus", sagte sie.

Der feste Ton ihrer Stimme schaffte Halt und beruhigte. Wir anderen hatten nur geholfen, die Spuren zu beseitigen, denn schließlich hatte er den Mann nicht umbringen wollen, und schließlich war er unser Freund und schließlich, wer war das schon gewesen, nur ein Penner. Der wäre sowieso bald an seiner kaputten Leber eingegangen.

Ich nickte, ging ins Bad und schüttete mir kaltes Wasser ins Gesicht. Dann verließ ich das Haus, ohne mich von Hanna und den anderen, die schnarchend in der Wohnung verteilt herumlagen, zu verabschieden.

Eine Weile erwartete ich jeden Tag, dass die Leiche gefunden werden würde. Aber nichts wurde gemeldet, und so bestärkte sich meine Hoffnung, dass der Schlafsack unentdeckt auf dem Grund des Sees verrotten und der Schlick allmählich die Knochen schlucken würde.

Bei unseren letzten, seltenen Treffen in diesem Sommer und auch bei späteren, zufälligen Begegnungen fiel kein Wort über diese Nacht. Klaus tauchte nach den Ferien nicht mehr in der Schule auf. Es hieß, er wäre in Berlin in der Hausbesetzer-Szene abgetaucht. Wir anderen gingen uns aus dem Weg, belegten – bewusst oder unbewusst – unterschiedliche Fächer und Kurse und suchten uns neue Freunde. Harald verließ die Schule nach der zwölften Klasse und fing eine Lehre als Bankkaufmann an. Hanna studierte Sozialpädagogik. Das Letzte, was ich von ihr hörte, war, dass sie in Südamerika als Entwicklungshelferin arbeiten würde. Lars übernahm nach dem Jura-Studium die Rechtsanwaltspraxis seines Vaters. Ab und zu sehe ich sein Bild in der Zeitung, wenn er an einem aufsehenerregenden Prozess beteiligt ist.

Ich weiß nicht mehr, wie ich dem Museum in der Gasse entkam, weiß nicht mehr, wie es mir gelang, nach Hause zu kommen. Zwei Tage lag ich nur auf dem Bett, starrte die Decke an und versank in Angst und Dunkelheit. Schließlich schaffte ich es, zu meinem Hausarzt zu gehen, der mich krankschrieb, Beruhigungsmittel verschrieb und mir eine Psychotherapeutin empfahl.

Das Gässchen meide ich seither. Als jedoch neulich die Naht meines Ledergeldbeutels aufging, fiel mir kein anderer Laden ein, zu dem ich für die Reparatur hätte gehen können als der besagte Sattler. So atmete ich tief durch und machte mich an einem nieselgrauen Novembertag auf den Weg.

Als ich in die Gasse einbog, bemerkte ich einen Mann, der ein paar Schritte vor mir ging und eine prall gefüllte Aktenmappe unter dem Arm geklemmt hatte. Plötzlich rutschte er auf dem nassen Kopfsteinpflaster aus und stolperte. Die Mappe fiel herunter, öffnete sich, und wie ein aufgescheuchter Taubenschwarm flogen Blätter herum und verstreuten sich im Wind. Der Mann beeilte sich, sie wieder einzusammeln. Beim Haus, in dem sich das Museum befand, ging er die Stufen hinunter, da wohl auch dort ein paar Blätter hingeweht worden waren. Erstarrt blieb ich stehen und sah zu, wie er die Blätter aufhob, die Augen zusammenkniff und das Schild an der Tür studierte. Als er den Messingknauf drehte und das alte Holz zu knarren begann, lief ich davon. Den kaputten Geldbeutel warf ich in den nächsten Abfalleimer und kaufte mir einen neuen.

In einem tiefen leeren Brunnen

Christiane Wachsmann

Die Katze schob sich zwischen den Gräsern hervor und trippelte zur Straßenmitte, wo sie sich setzte und ihre Pfoten putzte. Dr. Pfefferkorn verlangsamte seine Schritte und blieb stehen. Die Katze putzte ihre linke Vorderpfote. Ihre kleine rosa Zunge fuhr über das glatte Fell, und ihr Kopf nickte im Takt. Drüben auf dem großen Feld zog der Bauer seine Runden mit dem Mähdrescher. Die Katze schaute nicht direkt in Dr. Pfefferkorns Richtung. Er war aber sicher, dass sie ihn bemerkt hatte. Diese ganze Putzerei war nichts als Getue.

Sie war die schwärzeste Katze, die er in seinem Leben kennen gelernt hatte und stammte aus einem Wurf von einem Hof jenseits des Baches, der sich in langen Schleifen durch die Wiesen unterhalb des Dorfes wand.

Zwischen der Katze und dem linken Straßenrand war ein guter Meter Platz. Wenn er dort entlang ging, konnte man nicht behaupten, er habe ihren Weg gekreuzt. Dr. Pfefferkorn starrte auf den Asphalt, das kleine Stück neben der Katze, das es zu überwinden galt. Wenn sie nur sitzen bliebe!

Seine Beine waren wie festgewachsen.

Die Katze hielt inne, wandte den Kopf und erstarrte in ihrer Bewegung. Dr. Pfefferkorn, gerade im Begriff, das linke Bein zu heben, erstarrte ebenfalls. Die Katze senkte den Kopf und fuhr fort sich zu putzen. Er musste weiter. Die Eier holen. Das linke Bein heben, so weit, dass er wieder in Schwung kam. Sein rechter Arm bekam schon wieder das Zittern. Ein erster Schritt, ein zweiter, vorsichtig trippelnd, wie es ihm mit seiner Krankheit eben möglich war. Die Katze hielt erneut inne, buckelte, und verschwand auf der anderen Straßenseite. Dr. Pfefferkorn blieb stehen. Jetzt war es passiert. Er musterte die Straße, als könne er die Spur der Katze darauf ausmachen. Der Asphalt dort war grob und verwittert, an den ausgebesserten Stellen dunkel, von der Sonnenwärme aufgeweicht. Er würde dort jetzt nicht entlang gehen. Egal, was Johanne sagte: Er würde es nicht tun.

„Es ist zum Haare ausraufen", sagte Johanne. „Alle einzeln könnte ich sie mir ausraufen! Jetzt muss ich auch noch die Eier holen! Weißt du, wie viel Zeit mich das kostet, mit dieser alten Schwatzbase Andrea? Und ich bin schon knapp dran. Du musst die Tomaten gießen, hörst du? Und mach die Fenster zu, wenn du aus dem Haus gehst, am besten gehst du gar nicht aus dem Haus – Übermorgen Abend bin ich wieder da. Übermorgen Abend. Es steht im Kalender. Was ist mit dir? Hörst du mir überhaupt zu?"

„Doch, doch –"

„Ich werde von dir grüßen", sagte Johanne, während sie ins Auto stieg. „Machst du das Tor hinter mir zu?"

Dr. Pfefferkorn machte das Tor hinter ihr zu. Er hatte sich auf diesen Delius'schen Familientreffen sowieso nie wohl gefühlt. Es traf sich also gut, dass sie dorthin fuhr, und ihn nicht dabei haben wollte. Sie ahnte überhaupt nicht, wie gut es sich traf! Er blickte in den Himmel. Hoch oben zog ein Raubvogel seine Kreise. Ein paar

Wolken hatten sich gebildet, die aber nicht bedrohlich wirkten. Regnen durfte es natürlich nicht. Aber es sah auch nicht nach Regen aus. Nicht wirklich. Vielleicht ein kurzer Schauer – Aber das wäre zu verkraften, wenn man einen Regenschirm dabei hatte. Er musste nachher an den Regenschirm denken. Die Linde im Hof duftete, ihr Geruch war beinahe unerträglich. Vom großen Feld wehten noch immer Lärm und Staub herüber, der Krach des Mähdreschers. Dr. Pfefferkorn blickte auf die Uhr. Noch war es nicht so weit. Er musste warten.

Wie nervös er war! Er wollte gleich mal zum Schuppen gehen und nach dem Fahrrad schauen. Zum Schuppen, na los! Endlich kam die Bewegung. Den Riegel beiseitegeschoben, Licht an. Schon heute Morgen hatte er die karierte Decke auf den Gepäckträger geklemmt. An den Regenschirm hatte er da noch nicht gedacht. Am besten ginge er gleich ins Haus und holte den Regenschirm. Er konnte das Fahrrad schon mal hinaus auf den Hof schieben, damit es bereit stand. Oder besser nicht. Falls Johanne etwas vergessen hätte, falls sie noch einmal zurückkäme – Besser, sie sähe das Fahrrad nicht dort stehen, mit der karierten Decke auf dem Gepäckträger. Besser sie dachte, er bliebe daheim.

Er ließ die Schuppentür angelehnt und ging ins Haus. Wie still es hier war. Auch mit Johanne war es mitunter sehr still, wenn sie arbeitete und nicht gestört werden wollte. Aber jetzt war es noch stiller.

Dr. Pfefferkorn hatte sich entschlossen, seinen Auftritt möglichst stilvoll zu gestalten. Ein weißes Hemd, Krawatte, Anzug – keinen schwarzen. Schwarz wäre zu feierlich.

Aber der graue sollte es schon sein, der mit der Weste. Für eine Weile war Dr. Pfefferkorn damit beschäftigt, die richtige Auswahl zu treffen, sich vor dem Spiegel hin und her zu wenden. Alles in allem noch eine recht stattliche Erscheinung, was er da sah. Ein wenig gebeugt, aber durchaus noch stattlich. Er klopfte gegen die Schrankwand, dreimal auf Holz.

Als er wieder auf die Uhr blickte, waren die Zeiger kaum vorgerückt.

Ein Glas Wein, dachte Dr. Pfefferkorn. Das würde mir über die Unruhe hinweghelfen, mir den richtigen Schwung geben. Ein schönes, kühles Glas Weißwein, das wäre jetzt genau das Richtige. Er ging in die Küche. Im Kühlschrank war kein Wein zu finden.

Frohgemut machte Dr. Pfefferkorn sich auf den Weg in den Keller.

Eine halbe Stunde später wünschte er nichts sehnlicher, als dass Johanne noch einmal zurückkehrte. Dass sie irgendwas vergessen hätte. Aber Johanne vergaß nie irgendwas. Erschöpft betrachtete Dr. Pfefferkorn seinen in Jahren gesammelten und immer wieder verfeinerten Vorrat an Weinen, der in eingemauerten Tonröhren an den Kellerwänden lagerte. In Ermangelung einer anderen Sitzgelegenheit hatte er sich auf einer umgedrehten Kiste niedergelassen. Das elektrische Licht über seinem Kopf flackerte, und durch seine Schuhsohlen drang kalte Feuchtigkeit. Der Schweiß auf seiner Stirn und in seinem Nacken war getrocknet. Ihn fror.

Er hatte sich so gedreht, dass er die Tür nicht sehen musste. Die Tür nicht, und auch nicht das Schloss. Das Schlimme war, dass es nicht dass erste Mal war, dass es schon einmal passiert war. Dabei hatte sich herausgestellt, dass das Schloss ganz in Ordnung war, dass zumindest Johanne kein Problem damit hatte, dass nur er mit seiner Ungeschicklichkeit und seinen zitternden Fingern nicht in der Lage war es zu öffnen.

Warum hatte er nichts in die Tür gestellt?

Er hatte sonst immer den Besen in die Tür gestellt, aber der war aus irgendeinem Grund verschwunden. Und er musste doch ins Theater! Er hatte Frau Breitkopf die Kritik versprochen!

Er versuchte, sich von seiner Kiste zu erheben. Seine rechte Schulter schmerzte, er war am ganzen Körper steif und verspannt. Wie festgebannt hockte er auf seiner Kiste, konnte sich kaum rühren. Endlich kam er in die Höhe. Den Kopf gesenkt – er konnte ja nicht mal richtig stehen hier unten – tastete er sich über den unebenen Boden vor zur Tür.

Er musste aufpassen, mit diesem Boden.

Er durfte nicht stürzen!

Das Schloss erwies sich als ebenso unnachgiebig wie zuvor. So sehr er die Tür auch schüttelte, so sehr er an der Klinke herumzerrte und versuchte, sie herunterzudrücken: Es war nichts zu machen.

Er kam hier nicht heraus.

Sein Magen knurrte. Er knurrte laut und vernehmlich, als sei er ein vollkommen von ihm unabhängiger Organismus, ein fremdes Tier. Dr. Pfefferkorn musste an die Katze denken. Wie gut, dass er ihren Weg vorhin nicht gekreuzt hatte! Gar nicht auszudenken, was sonst noch alles hätte geschehen können! Immerhin war er nicht gestürzt.

Aber seine Schulter schmerzte. Hätte er doch nur seine Tabletten dabei. Und kalt war es. Vielleicht sollte er etwas Wein trinken, vielleicht würde ihm dann wärmer? Der Karton mit den Gläsern stand neben der Tür, aber der Korkenzieher?

Er hatte doch mal einen Korkenzieher hier unten gehabt. In einer der Röhren vielleicht?

So weit er sich erinnerte, hatte er ihn in eine der Röhren gelegt. Aber in welche?

Warum flackerte das Licht so?

Es lag natürlich an den alten Leitungen und der Feuchtigkeit. Er mochte es trotzdem nicht, wie es flackerte. Wenn es nun ganz ausfiele? Er musste sich setzten.

Ehe er sich auf die Suche machte, zu den einzelnen Röhren hinabbückte, um irgendwo – vielleicht – den Korkenzieher darin zu erspähen, musste er sich noch einmal setzen.

Also: Vorsichtig über den Boden zurückgeschlurft, vor der Kiste die Knie gebeugt, langsam sich herabgelassen, Stück für Stück, das letzte im freien Fall. Die Kiste ächzte unter seinem Gewicht.

Dr. Pfefferkorn schaute auf die Uhr. Halb neun.

Draußen hatte jetzt die Dämmerung eingesetzt. Der Mond stieg auf, das Stück begann.

Und er saß hier und fror und hatte nicht mal eine Decke dabei. Die klemmte auf dem Gepäckträger. Bitter lachte er auf.

Das elektrische Licht flackerte.

Seine Schulter schmerzte.

Langsam fragte er sich, wie er diese Nacht überleben sollte.

Ob er sie überleben würde. Er starrte auf den harten Boden, auf das unerbittliche Felsgestein. Kleine Einschlüsse glitzerten im Licht der Lampe, und er stellte sich vor, wie es sein würde, darauf zu fallen, die Unebenheiten durch den Stoff seines Anzugs hindurch zu spüren, sich vielleicht nicht mehr rühren zu können.

Er hätte jetzt wirklich gerne einen Schluck Wein getrunken, aber dafür musste er erst einmal den Korkenzieher finden.

Oder den Korken in die Flasche drücken.

Falls er die nötige Kraft dazu in den Fingern hätte. Die er natürlich nicht mehr hatte. Er schnaubte. Dann schon eher den Hals abschlagen, dachte er, und schielte hinüber zum Regal. Ob er einen roten nehmen sollte? Einen von den schweren, spanischen? Er würde natürlich zu kalt sein.

Gleich, dachte er.

Gleich werde ich es noch mal versuchen, mit dem Aufstehen.

Er starrte auf seine Hand, die wieder zu zittern begonnen hatte.

Je ruhiger er saß, je ruhiger er sich zu halten versuchte, desto mehr zitterte sie.

Immer die rechte Hand – zitterte.

So hatte es angefangen.

Und das Ende – Vielleicht war es gar nicht schlecht, wenn das Ende schnell kam.

Wenn das hier das Ende war.

Wenn er Johanne nicht mehr zur Last fallen musste.

Natürlich wäre es ein Schock, wenn sie ihn hier finden würde, übermorgen Abend, nach ihrer Rückkehr, ausgestreckt auf dem kalten Boden, den Blick glasig zur Decke gerichtet, das Hemd voller Flecken, der Anzug zerrissen, die letzte Flasche noch in der Hand.

Kein schöner Tod.

Wenn er wenigstens ein paar Flaschen Schnaps hier unten gehabt hätte! Etwas mit einem Drehverschluss! Aber Wein? Um sich mit Wein ins Delirium zu saufen, brauchte man schon eine ganze Menge.

Die ihm hier ja zur Verfügung stand. Falls er den Korkenzieher fand.

Und sich nicht erbrechen musste. Das war das Problem mit dem Wein. Dass es nicht schnell genug ging. Und er keinen Korkenzieher hatte.

Er starrte in die dunklen Röhren. In jeder davon konnte er sich verborgen haben. Aber nein, er hing an der Wand!

Ganz unschuldig hing er dort, an einem Nagel, den Johanne erst ein paar Tage zuvor in die Wand geschlagen hatte. Weil er den Korkenzieher nie fand, weil er so leicht nach hinten rutschte, in den Röhren. Dort hing er. Der Korkenzieher.

Er musste nur aufstehen und ihn holen.

Er hatte sich für einen Roten entschieden.

Mühsam hatte er die erste Flasche entkorkt, sich eingeschenkt und das Glas lange zwischen den Händen gehalten, während er darauf wartete, dass die zweite Flasche unter seiner Anzugsjacke langsam eine etwas wärmere Temperatur annahm. Der Wein war zu kalt! Was für eine Verschwendung, ihn so kalt zu trinken! Jeder Schluck kam ihm vor wie eine Verschwendung.

Er hätte sich doch lieber für einen der weißen entscheiden sollen. Doch allein der Gedanke daran ließ ihn frösteln.

Er fror durch und durch, auch der Wein konnte daran nichts ändern, im Gegenteil, die kalte Flasche lag wie ein Eiszapfen an seiner Seite, und auch das Glas wurde nicht wärmer, ganz zu schweigen von seinem Inhalt.

Inzwischen konnte er sich kaum noch rühren.

Festgefroren saß er hier auf seiner Kiste, das Glas umklammert, zitternd und den Wein in Bewegung haltend.

Statt auf dem Kellerboden sah er sich jetzt hier auf der Kiste sitzen, bei Johannes Rückkehr. Sah sich hier sitzen, tot, erstarrt in einer Art Fötushaltung, die kalte Flasche an die Brust gedrückt, das Glas war ihm nicht mehr aus den Händen zu winden – Ohne das Zittern in seinem rechten Arm hätte er vielleicht schon jetzt nicht mehr gewusst, ob er noch lebte, oder ob er sich vielleicht in einer Art Vorhölle befand, einem feuchtkalten Warteraum, aus dem es kein Entrinnen gab, bis seine Seele gewogen und für zu leicht befunden wurde, oder zu schwer.

Der Wein schwappte auf und nieder. Dr. Pfefferkorns Gedanken schweiften in mythologische Tiefen, zu Anubis mit dem Hundekopf, in den Hades mit seinen schattenhaften Bewohnern.

Was blieb denn noch, von einem, der tot war?

Ein paar Ordner voller Theaterkritiken? Ein Haufen bekritzeltes Papier, das über kurz oder lang doch in einem Altpapiercontainer landen würde?

Erinnerungen in den Köpfen von Menschen, die auch einmal sterben würden, und dann – gar keine Erinnerungen mehr?

Dieser Wein schmeckte ekelhaft.

Bitter wie eine unreife Frucht.

Angeekelt spuckte Dr. Pfefferkorn den letzten Schluck auf den Boden. Wie hatte er nur erwägen können, sich daran zu betrinken? Sich gar zu Tode zu saufen?

Eher starb man an einer Überdosis Zitronenlimonade.

Und außerdem wollte er überhaupt nicht sterben. Er wollte nur aus diesem Keller heraus!

Aus der Kälte!

Er wollte zurück in den Sommer, in die von Lindenblüten durchtränkte Luft, den warmen, nächtlichen Wind!

Er wollte mit seiner Decke auf einer der harten Bänke im Steinbruch sitzen und sich Notizen machen für seine Kritik!

Er blickte auf die Uhr.

Inzwischen waren sie wahrscheinlich beim letzten Akt angelangt.

Sie würden Lotto spielen, und Treplev würde sich erschießen.

Die Sache ist die, Konstantin Gavrilovic hat sich erschossen –

Wie sie sich alle langweilen, dachte Dr. Pfefferkorn. Das ganze Stück über ist da diese Langeweile. Und dann spielen sie Lotto, und einer erschießt sich. Was sonst soll man auch tun, auf dem Lande?

Das ist interessant, dachte er. Dieser Aspekt.

Natürlich war schon viel darüber geschrieben worden, über die Langeweile, über dieses Gefühl der Überflüssigkeit, das so viele der Tschechowschen Figuren beherrschte. Er selbst hatte schon darüber geschrieben.

Aber war es jetzt nicht was anderes?

War nicht jetzt, wo er es wirklich erlebte, am eigenen Leib verspürte, die Abgeschiedenheit der ländlichen Umgebung, diese ganz besondere Qualität der Langeweile und der Beschränktheit, einer Beschränktheit im ursprünglichen Wortsinn, aus der heraus vielleicht andere Dinge entstehen mochten als aus der hektischen Betriebsamkeit seines früheren Lebens, war es jetzt nicht eine ganz andere Sache, über ein Stück wie *Die Möwe* zu schreiben, ganz anders als zuvor?

Dr. Pfefferkorn führte das Glas zum Mund, nahm einen Schluck. Der Wein kam ihm schon nicht mehr gar so kalt vor.

Wenn ich das Textbuch hätte, dachte er.

Wenn ich das Textbuch nicht oben an der Garderobe liegengelassen hätte, ich könnte mich noch einmal hineinvertiefen.

Und warum habe ich nichts zu schreiben?

Wenn ich was zu schreiben hätte!

Er hatte nichts zu schreiben.

Er hatte all diese Gedanken in seinem Kopf, und nichts dabei, um sie festzuhalten.

Er nahm einen weiteren Schluck.

Der Wein hatte sich tatsächlich etwas erwärmt. Der bittere Geschmack war verschwunden. Langsam begann er sich zu entfalten. Dr. Pfefferkorn spürte, wie er sich entspannte.

Die Flasche auf seinem Schoß hatte ebenfalls eine annehmbare Wärme angenommen. Er überlegte, ob er sie schon öffnen sollte.

Was für eine Kritik, dachte er. Was für eine Kritik hätte ich schreiben können!

Seine Hand zitterte jetzt fast gar nicht mehr, während er das Glas ein weiteres Mal zum Mund führte, und eine kräftigen Schluck nahm, den Wein genoss, der jetzt endgültig die richtige Temperatur angenommen hatte.

Und was werde ich noch alles schreiben, später, aus dieser Erfahrung heraus, der Erfahrung der Langeweile und Beschränktheit, Beschränktheit im ursprünglichen Wortsinn, natürlich –

Immerhin bin ich noch nicht tot. Wir könnten genausogut noch die kleine Wohnung in der Stadt haben, oder in so ein Stift ziehen, wo man versorgt ist und trotzdem nicht von allem abgeschnitten. Johanne ist auch nicht mehr so jung, wie sie sich einbildet. Wenn ihr irgendwas zustößt, wenn sie hinfällt und sich die Knochen bricht, bleibt uns sowieso nichts anderes übrig. Dann müssen wir zurück in die Stadt. Ich mag zwar körperlich nicht mehr der Alte sein, aber man braucht mich doch nicht zu verstecken. In meinem Kopf ist ja noch alles in Ordnung.

Abgesehen von meiner Unfähigkeit, mich hier aus dem Keller zu befreien.

Sonst könnte ich es ihr ja beweisen.

Ich würde diese Kritik schreiben, und würde ihr beweisen, dass ich noch immer der Alte bin. Noch immer auf der Höhe.

Aber das würde er eben nicht.

Er konnte diese Kritik nicht schreiben, weil er immer noch hier im Keller saß. Weil die Aufführung längst stattgefunden, weil Schauspieler und Zuschauer inzwischen nach Hause gegangen und sich jeder sein eigenes, mehr oder weniger zufälliges Urteil gebildet hatte, unbeeinflusst und unbeeindruckt von der Meinung und dem fundierten Wissen eines gewissen Dr. Julius H. Pfefferkorns, seines Zeichens Kritiker für mehrere große Zeitungen.

Der er jetzt auch nicht mehr war.

Im Moment war er nichts als ein alter Mann in einem Weinkeller, den ein simples Kellerschloss daran hinderte, der einzigen Tätigkeit nachzugehen, die er in seinem Leben wirklich beherrscht hatte, die ihm zum Elixier und Lebensinhalt geworden, ohne die er nicht sein konnte.

Der Wein und die Wut trieben ihm die Hitze ins Gesicht. Er sprang auf, sprang geradezu auf. Stolperte kurz, stürzte gegen die Tür, griff nach der Klinke – Es gab ein leises Knacken, und die Tür sprang auf.

Der Mond stand hoch über dem alten Steinbruch. Der Bach gab glucksende Geräusche von sich, und von der Wiese her wehte ein honigsüßer Duft. Dr. Pfefferkorn hatte sich auf einer der Bänke niedergelassen und betrachtete die leere Bühne.

Er fühlte sich noch immer erhitzt, vom Wein und von der Wut, dieser Wut, die überhaupt nicht wieder nachlassen wollte, seit jenem Moment, in dem sie nach ihm gegriffen und ihn geschüttelt hatte. Regelrecht geschüttelt hatte sie ihn, dort unten im Keller!

Ohne sich weiter zu besinnen, war er auf sein Fahrrad gestiegen und hierher gekommen, an diesen Ort, wo bis vor kurzem noch das Leben gewesen war, sein Leben, in Form von Laienschauspielern und einer provisorisch hergerichteten Bühne zwar, aber es war Theater gewesen, echtes Theater!

Und er hatte den Auftrag gehabt, darüber zu schreiben! Er starrte auf die Bühne.

Er konnte noch genauso schreiben wie eh und je.

Er konnte vielleicht nicht mehr so gut hören, und mochte in seinen Bewegungen eingeschränkt sein. Aber er konnte noch immer sehen!

Und er konnte denken.

Er konnte immer noch sehr gut denken, wenn man mal davon absah, dass er in den letzten Monaten in dieser Einöde nicht viel Anregung bekommen hatte. Von den noch warmen Steinen auf der Bühne stieg ein leichter Dunst auf, als Folge des kurzen Regenschauers, der sich über das Land ergossen hatte, just in dem Moment, als Dr. Pfefferkorn an der Mühle vorbeigeradelt und in den Wald getaucht war. Ein feuchter Programmzettel lag auf dem Boden. Dr. Pfefferkorn bückte sich danach.

Vorsichtig zog er ihn auseinander und studierte die Liste der Darsteller.

Erneut musterte er die Bühne.

Man müsste, dachte er, man müsste es trotzdem schreiben.

Er hatte in seinem Leben so viele Theateraufführungen gesehen, so viele Varianten der *Möwe*. Gerade jetzt, nach diesen letzten, quälenden Monaten auf dem Lande, nach den Erfahrungen dieser Zeit, seiner eigenen, ganz persönlichen Begegnung mit der Langeweile, gerade jetzt sollte es ihm doch gelingen! Mit wachsender Erregung betrachtete er die große Leinwand im Hintergrund der Bühne. Im Mondlicht wirkten alle Farben fahl und fremd, aber er war sicher, dass sie blau war, von einem hellen Blau wie der See, an dessen Ufer Treplev, Nina und Trigorin ihr Drama aus Achtlosigkeit und Liebe vollführten. Diese Leinwände waren immer blau.

Für die beiden letzten Akte würde man einige weitere Kulissen gebraucht haben, ein paar Möbel auch, um die Situation im Inneren des Hauses darzustellen. Dr. Pfefferkorns Blick fiel auf eine kleine Hütte am Rande der Bühne, halb versteckt hinter einem großen Baum. Das Vorhangschloss an der Tür glänzte hell im Mondschein.

Mit seinem neu gewonnenem Schwung stand er auf und stieg die Stufen zur Bühne hinauf. Er spürte die Steifheit seiner Glieder, aber sie erschien ihm jetzt nicht mehr als etwas Unüberwindliches, Endgültiges. Er ging um die Hütte herum. Seitlich war ein Fenster angebracht. Durch die Scheibe hindurch konnte er einen Tisch und mehrere Stühle erkennen, eine Garderobe mit allerlei Gewändern. Er registrierte, dass der Tisch ein alter Küchentisch war, die Stühle keinerlei Schnörkel oder geschwungene Holzteile besaßen und die Kleider klassisch im Stil des ausgehenden zwanzigsten Jahrhunderts geschnitten.

Befriedigt nickte Dr. Pfefferkorn. Zeitlos-minimalistisch, dachte er. Das bietet sich ja an. Er drehte sich um, ließ seinen Blick ein weiteres Mal über die Kulisse schweifen, die unregelmäßige Steinwand mit den bizarr darin eingewachsenen Sträuchern, die Waldwiese und den Bach. Er ging zurück auf seinen Platz, zog sein Notizbuch aus der Tasche, klopfte dreimal auf Holz und begann, sich in die Worte zu vertiefen.

Zwei Tage später war Johanne zurück.

„Bist du zurechtgekommen?"

Dr. Pfefferkorn nickte.

Er hatte Kaffee gekocht und sogar einen Kuchen gebacken, was fast den gesamten Vormittag in Anspruch genommen hatte, und den Tisch unter dem Apfelbaum hatte er sorgfältig gedeckt. Die Zeitung lag wie zufällig auf der Bank, die entsprechende Seite aufgeschlagen und mit einem Stein beschwert.

Der Artikel war sehr gut geworden, vielleicht einer der besten, die er je geschrieben hatte, großzügig illustriert mit den beiden Aufnahmen, die er aus dem vorhandenen Material herausgesucht hatte.

Man hatte sich alle Mühe gegeben, das Ganze sogar mit einer kurzen Notiz zu seiner Person ergänzt, und als Aufmacher auf der Kulturseite platziert. Natürlich hatte man den Text gekürzt, was er in alten Zeiten bestimmt nicht hätte durchgehen lassen. Aber was waren schon die alten Zeiten, wenn er endlich wieder dabei sein konnte, wenn er seinen Text gedruckt in der Zeitung fand, in irgendeiner Zeitung, und wenn sie noch so klein und unbedeutend war.

Wahrscheinlich hatte es dem Artikel sogar gut getan, dass er die Aufführung dazu nicht gesehen hatte. Er kannte ja die Darsteller, hatte bei den Proben vorbeigeschaut und sich mit der Regisseurin unterhalten. Ein paar eingeworfene Details aus diesen Gesprächen, ein paar vorsichtige Andeutungen über die Spielkunst der einzelnen Dorfbewohner hatten ausreichen müssen und ihm Gelegenheit gegeben, zum Eigentlichen vorzudringen, zu dem Stück an sich, „von Tschechow als Komödie geschrieben, seitdem aber meist als Stimmungsdrama begriffen." „Als beständig erweist sich nur der Zustand der Langeweile", hatte Dr. Pfefferkorn geschrieben. „Das tödliche, nivellierende Gleichmaß des Alltags in der Provinz. Das Theater und seine Schwester, die Literatur, Hoffnung und Verheißung für ein erfülltes Leben, erweisen sich als fern liegende Illusion, und die Worte, die Treplev seiner Weltseele in den Mund legt, als der bittere Kern einer Wahrheit, die auch die im Leben erfolgreicheren Individuen wie Trigorin oder die Arkadina an den Gestaden dieses einsam gelegenen Sees ergreift: Wie ein Gefangener, in einen leeren, tiefen Brunnen geworfen, weiß ich nicht, wo ich bin und was meiner harrt ..."

Über die Bank gebeugt, war er schon wieder ganz in den Text versunken, als er Johanne rufen hörte.

Es war Frau Breitkopf, die Darstellerin der Arkadina, die vorbeigekommen war, ein paar Eier zu bringen, und sicher nicht nur das.

Aufrechten Schrittes, fast schon jugendlich beschwingt, folgte Dr. Pfefferkorn Johanne zur Haustür. Eine bessere Dramaturgie hätte er sich kaum ausdenken können. Johanne würde nicht nur den Artikel in der Zeitung lesen, sie würde es sogar aus anderem Munde hören, von seiner Kompetenz und seinem noch immer ungetrübten Blick, seiner Fähigkeit, selbst den Darbietungen einer doch eher mittelmäßigen, ländlichen Laienspieltruppe durch die Kraft seiner Worte noch Glanz zu verleihen. Und dass Frau Breitkopf sich positiv äußern würde, stand sowieso außer Frauge. Immerhin hatte er, angefeuert durch ihre zuverlässigen Eierlieferungen und die Tatsache, dass sie eine Nichte des örtlichen Zeitungsverlegers war, ihrer Arkardina eine „wunderbar unverbrauchte Zickenhaftigkeit" bescheinigt, „wie sie eben nur einer großen Schauspielerin eigen sein kann". Womit er natürlich die Akardina meinte, und weniger die Breitkopf, aber solche Zweideutigkeiten gehörten eben zu den Kunstgriffen eines erfahrenen Kritikers.

Die Begrüßung fiel etwas weniger begeistert aus, als er es sich vorgestellt hatte, was aber damit zusammenhängen mochte, dass Johanne sofort mit ihrer Bürgerinitiative angefangen und ihnen beiden überhaupt keine Gelegenheit gegeben hatte, über ihre eigenen Angelegenheiten zu reden.

Geduldig wartete er, während die beiden Frauen ihre hinlänglich bekannten Meinungen über die geplante Schweinemastanlage austauschten.

Sein rechter Arm bekam schon wieder das Zittern und ein vorsichtiger Blick in den Flurspiegel zeigte ihm sein erstarrtes Gesicht. Die Linde roch wirklich unerträglich, süßlich und scharf. Frau Breitkopf sprach über den zu erwartenden Gestank der Schweinemastanlage und über die Abwässer. Ihr Blick huschte zu Dr. Pfefferkorn herüber, er las Mitleid und Bedauern darin, und merkte, wie er langsam in sich zusammensank. Alles an seinem Körper war steif und ungelenk, und in ihm wuchs die Furcht, auch seine Stimme werde versagen, es käme, sobald die Sache endlich angesprochen wäre, nichts als ein heiseres Krächzen aus seinem Munde, und blöde Worte, wahllos herausgefischt aus dem Nebel in seinem Kopf.

Seine Hand zitterte stärker, und jetzt hatte Frau Breitkopf sich an ihn gewandt, hatte etwas gesagt, und wiederholte es, lauter, wiederholte dieselben Worte, als könne er sie nicht hören. Dabei hörte er sie sehr gut.

„Es war wirklich ein Jammer", sagte sie. „Aber gegen einen Blinddarmdurchbruch kann man nun mal nichts machen. Sie wollte uns den Abend nicht verderben, wir haben ja alle so lange darauf hingearbeitet, und dann, mitten im zweiten Akt, brach sie zusammen."

Irgendwie war es ihm gelungen, sich zurückzuziehen.

In kleinen, trippelnden Parkinson-Schritten hatte er sich von den beiden Frauen entfernt.

Wieso war ihm denn nicht aufgefallen, dass die Bühne keine zwei Stunden nach Aufführungsbeginn vollkommen verlassen gewesen war? So schnell konnte man doch gar nicht aufräumen!

Warum hatte er nicht wenigstens noch einmal bei Frau Breitkopf angerufen, sie nach ihrem persönlichen Eindruck gefragt?

Wie hatte er nur so vermessen sein können zu glauben, eine Aufführung sei wie die andere?

Ausgerechnet er?

Er erreichte die Küche, warf einen Blick auf die Terrasse hinaus. Dort lag die Zeitung, lag der verräterische Artikel, demonstrativ aufgeschlagen.

Der Schritt über die Schwelle wurde zum schier unüberwindlichen Hindernis, immer wieder setzte er an, bis es ihm endlich gelungen war, den Fuß weit genug zu heben, und weiter vor zu stolpern, bis zur Bank. Er griff nach der Zeitung. Das Papier sperrte sich und raschelte, es drohte, unter seinen Fingern davonzugleiten, samt dem großen Foto mit Nina und der toten Möwe, das während einer der Proben entstanden und auf dem noch keine Spur von einem Blinddarm zu sehen war, von einem schmerzenden, kurz vor dem Durchbruch stehenden Blinddarm.

Er starrte auf die Buchstaben, versuchte, einen Sinn hinter den Worten zu erkennen.

Aus der Küche waren Johannes Schritte zu hören.

Dr. Pfefferkorn wollte die Zeitung zerknüllen, wollte sie in die Spalte zwischen Oleander und Wand schieben, wollte sie dort verstecken, bis Johanne wieder fort war, doch er stand einfach nur dort, steif wie ein Brett, das Blatt mit dem verräterischen Artikel in der Hand, die zitterte.

Wortlos griff sie nach der Zeitung. Ihre Augen huschten über die Zeilen, über die Bilder, huschten über das gesamte Blatt mit jenem Hunger, mit dem sie jeden Text verschlang.

Er brauchte eine Weile, bis es ihm gelang, sich aus dem Zustand der Erstarrung herauszukatapultieren, auf die Bank zu, wo er aber wiederum nicht gleich anhalten konnte und stolperte und beinahe gefallen wäre, während Johanne immer noch dastand, und seinen Artikel las, und dabei die Stirn runzelte

„Bist du überhaupt da gewesen?", fragte sie. „Es haben sich nämlich alle gewundert, niemand hat dich gesehen. Und was schreibst du da über den letzten Akt? Die Vorstellung wurde doch abgebrochen!"

Die Sonne schien durch den Apfelbaum und malte einen Teppich aus Licht und Schatten auf den Tisch. Von weit drüben hallte das Brummen der Mähdrescher herüber, und am Feldrand sang eine Grille.

„Das wurde sie auch", sagte Dr. Pfefferkorn erschöpft. „Das wurde sie. Nur ich Trottel hatte mich im Weinkeller eingesperrt und nichts davon mitbekommen."

Er starrte auf ihr Profil. Auf die kleinen, perfekt geformten Ohren und das helle, noch immer von keiner grauen Strähne durchzogene Haar.

Vom Nachbarn her wehte Stallgeruch herüber, und die Geräusche des Kompressors, mit dem er seine Entmistungsanlage betrieb.

Johanne hob den Kopf. Ihre graublauen Augen blickten kühl.

„Damit hast du dich ja wohl endgültig zum Idioten gemacht", sagte sie, und legte die Zeitung beiseite. Sie ließ sich auf die Bank sinken, griff nach der Kaffeekanne und schenkte sich ein. „Da zieht man nun in die äußerste Provinz, wo man denken könnte, hier würde einen niemand kennen und man wäre vor dem Geschwätz der Leute einigermaßen sicher, und was tut der werte Herr Gemahl? Brüstet sich mit seinen früheren Erfolgen, schreibt eine hochtrabende Kritik über eine belanglose Inszenierung, die nicht mal stattgefunden hat. Bist du denn komplett wahnsinnig geworden? Hast du jedes Maß verloren? Wo soll ich denn noch mit dir hin?"

Dr. Pfefferkorn hatte den Kopf gesenkt. Er starrte auf die Tischkante. Sein Arm zitterte. Der Grille am Feldrand hatte sich ein zweites Exemplar hinzugesellt. Mit dem Krach, den sie machten, ersetzten sie leicht den inzwischen verstummten Kompressorenlärm. Zwischen den Pfingstrosen raschelte es.

„Ich habe Frau Breitkopf natürlich erzählen müssen, wie es um dich steht. Wie sehr du nachgelassen hast. Nicht mal deine Autobiografie kriegst du noch hin. Nichts kriegst du mehr hin! Du machst mich wahnsinnig, mit deinem Zittern und Nuscheln, diesem unsicheren Gang, jeder denkt doch, du würdest zu viel trinken, und am schlimmsten sind diese abergläubischen Ticks, man kann dich ja nicht mal mehr zum Eierholen schicken! Man könnte meinen, du machst das mit Absicht, nur, um mich zu ärgern, und jetzt auch noch dieser Artikel, ich versuche, dir zu helfen, wir haben uns hierher zurückgezogen, ich sage allen, es ginge dir gut, du brauchtest nur ein wenig Ruhe, der Verleger wartet, niemand hat Verdacht geschöpft, und du hast noch keine einzige Zeile geschrieben. Er wird nicht ewig warten, der Verleger, wer interessiert sich denn in ein paar Jahren noch für eine Biografie von einem Herrn Dr. Pfefferkorn, der vor Urzeiten mal die ein oder andere Theaterkritik geschrieben hat, über Inszenierungen, die keinen Menschen mehr interessieren, und dafür sitze ich hier in der Provinz! Man kann nicht mal mehr jemanden einladen, so, wie du dich aufführst, und jetzt hast du es dir auch noch mit den wenigen Leuten in der Gegend verdorben, die einen Funken von kulturellem Interesse haben, bis auf die Knochen hast du dich blamiert, ich weiß überhaupt nicht, womit ich das verdient habe. Ich halte das nicht mehr aus!"

Sie sprang auf.

„Ich kann hier nicht einfach sitzen und mit dir Kaffee trinken. Ich kann nicht mehr, hörst du? Ich kann nicht mehr! Auch meine Geduld hat ihre Grenzen. Und hör endlich auf, mich so anzustarren!"

Sie hatte Tränen in den Augen. Dr. Pfefferkorn senkte den Kopf. Seine Muskeln wollten ihm nicht mehr gehorchen, weder konnte er lächeln noch die Stirne runzeln, oder auch nur die Hand heben, um sie ihr beruhigend auf die Schulter zu legen. Als er endlich die Hand gehoben hatte, war sie schon fort, quer über die Wiese davongestürzt in Richtung Küchentür.

Die schwarze Katze schoss zwischen den Pfingstrosen hervor, genau zwischen Johannes Beine. Johanne schrie auf. Dr. Pfefferkorn sah sie fliegen, in hohem Bogen durch die Luft. Als sie aufschlug, und die Knochen brachen, war die Katze längst im hohen Gras hinter dem Gemüsebeet verschwunden.

Anmerkung:

„Als beständig erweist sich nur der Zustand der Langeweile. Das tödliche nivellierende Gleichmaß des Alltags (...)" Zitiert nach: Kindlers Neues Literaturlexikon, Studienausgabe, Band 3, München 1988.

Berlin 83

Beate Quester-Brüning

Der Dicke stolpert und schimpft, als ich an ihm vorbeipresche. Was will der denn, ich habe doch geklingelt! Die Gruppe schnatternder Japaner auf dem Breitscheidplatz umfahre ich locker, weiche einem Kinderwagen aus, bei der Seniorengruppe muss ich bremsen. Sind die denn schwerhörig und blind, noch nie was von Fahrradwegen gehört? Meine Hand spielt nervös mit den Bremshebeln. Vorbei am McDonald´s, die Ampel springt auf Rot, egal, ich schaffe es hinüber zum Bahnhofsvorplatz. Eben noch in Stadtpläne versunken, springen Touristen beiseite, klingeln, klingeln. Ich schaue kurz zurück, schnell füllt sich das Menschenloch hinter mir mit neuem Gewimmel. Hinein in die Schlange der Wohnungssuchenden vor dem Morgenpost- und Tagesspiegel-Verkäufer, die Hardenbergstraße hinauf, unter der Gleisbrücke hindurch. Jetzt nützt kein Klingeln mehr im Blechverkehr, ich suche Lücken, bremse, fahre an. Der Gestank aus Auspuffrohren treibt mich wütend weiter. Beim Kreisverkehr des Ernst-Reuter-Platzes kapituliere ich, überlasse die Straße der hupenden Autolawine, klingeln, klingeln. Studentenpulks, zu Vorlesungen eilend, treten routiniert beiseite. Weiter geht es zum Franklinufer, wo die letzten Penner inmitten von Bierdosen und zerzausten Hunden auf der Wiese ihren Rausch ausschlafen.

Atemlos schalte ich den Gang zurück. Ein Junge steht lachend auf dem Gelände der Dovebrücke. Sein nackter Oberkörper glänzt in der Sonne, und er stürzt sich, angefeuert vom Johlen seiner Freunde, kopfüber in die schlammige Soße des Kanals.

Ich halte vor dem Institut, steige ab und kämpfe mit dem Fahrradschloss. Wie immer werfe ich zuerst einen Blick durch die hohen Glasfenster der alternativen Cafeteria im Erdgeschoss. An einem Tisch sitzt jemand, in ein Buch vertieft. Uwe, dieses Arschloch! Zögernd betrete ich das Gebäude. Mein Magen fängt zu grummeln an. Das rasante Hochgefühl verschwindet. Erinnerungen tauchen auf an einen lauen Frühlingsnachmittag, an dem die Sonnenflecken in einer Moabiter Dachwohnung auf weißen Wänden tanzten. Ein flauschiger Teppich, warme Hände, die Zeit stand still.

Benommen hole ich mir einen Kaffee und gehe langsam zu ihm hin.

„Hallo", sage ich.

Der Kaffeebecher schwappt über, als ich ihn auf den krümelbedeckten Tisch stelle. Eine braune Pfütze breitet sich gemächlich aus. Kleine Tropfen tröpfeln sachte auf Uwes weiße Hose. Widerwillig hebt er den Blick und schaut mit rehbraunen Augen durch mich hindurch.

„Hallo", sagt er, irgendwohin.

Ich möchte am liebsten gleich wieder gehen – Uwe, dieses Arschloch! – aber ich setze mich hin und starre auf den Fleck auf seiner Hose.

„Hast dich schon lange nicht mehr gemeldet. Mal Lust auf ein Treffen?", frage ich.

Uwe starrt den kahlen Ficus in der Fensterecke an. „Geht gerade schlecht, habe viel zu tun, die Prüfungen, du verstehst", sagt er zu der vertrockneten Pflanze. Plötzlich scheint ihm etwas Wichtiges eingefallen zu sein. Er schaut auf seine Armbanduhr, erhebt sich und wendet sich zum Gehen.

„Heute Abend bin ich im *Basement*, kannst ja vorbeikommen."

Lässig schlendert er zur Treppe und verschwindet.

In der Thekenecke sitzt Bernd, die Füße auf dem Tisch. Er bewacht die Kaffeemaschine und dreht sich gemächlich eine Zigarette. Als ich mich zu ihm setze, grüßt er mit einem Kopfnicken und schweigt. Dafür bin ich ihm dankbar.

Der Tag mit endlosen Vorlesungen und Seminaren liegt hinter mir. Mein Zimmer riecht muffig. Abgestandener Zigarettenqualm mischt sich mit dem Geruch aufgewärmter Ravioli. Das Gekreische und Plätschern aus dem nahen Freibad dringt in die dumpfe Stille des engen Raumes und übertönt den auf- und abschwellenden Wechselgesang der amerikanischen Soldaten, die am Teltowkanal entlang joggen. Gereizt sitze ich am Schreibtisch und starre auf die vergilbte Tapete.

Uwe, dieses Arschloch!

Ich springe auf, schnappe meinen Rucksack und eile zur Haltestelle. Schwitzend in der Nachmittagssonne warte ich auf den Bus. Endlich kommt er, fährt viel zu gemächlich den Hindenburgdamm hinauf, vorbei am wuchtigen Uniklinikum, an alten Villen, Hoffmanns Getränkeladen, grauen Miethäusern und unter der S-Bahnlinie hindurch. Ich renne zur U-Bahn hinunter, Endstation Steglitz.

„Zurückbleiben!", scheppert es aus den Lautsprechern. Der Zug rollt an. Hin zum Kudamm steigen Menschen, vollbepackt mit Einkaufstüten, ein und aus. Am Bahnhof Zoo drängelt und schiebt der Pulk aus Punks, Touristen, Anzugträgern lärmend hin und her. Richtung Wedding verstecken sich die Mitfahrenden hinter einem Wald von Bild-Zeitungen. Der Geruch billiger Zigaretten und Bier-fahnen vermischt sich mit der abgestandenen Luft des Wagens. Der Sitz klebt an meinem Rücken. Ins tiefe Dunkel fährt der Zug hinein, taucht wieder auf im trüben Licht einer U-Bahnstation, rattert weiter, unter der Stadt hindurch.

Endstation Osloer Straße. Bernd wohnt im zweiten Hinterhof. Ein einziges großes, dunkles Zimmer mit Au-ßenklo. Er sitzt auf einer Matratze, dreht Zigaretten und gießt mir einen Tee ein. Ich lasse mich neben ihm fallen. Lautstark dröhnt „Jesus Christ Super Star" aus den Bo-xen. Der Tee wird lauwarm, ich kann keine Kippen mehr sehen. Als Maria anfängt zu singen „He´s just a man", schlage ich vor, Petra zu besuchen. Bernd nickt und packt den Tabak ein.

Nach der Kühle der Hinterhofschluchten haut uns die Hitze auf der Straße um. Aus der Eckkneipe torkelt ein Betrunkener und übergibt sich am Straßenrand. Wir wei-chen den Brechpfützen und Hundehaufen aus, die U-Bahnstation hinunter, rennen, „Zurückbleiben!", die Tür knallt hinter uns zu. Am Zoo müssen wir umsteigen. Eine Frau mit rotem Stachelhaar und Wickelrock spielt einsam auf ihrer Geige. Die leisen Töne verlieren sich zwischen den hastenden Menschen in den Gängen. Japsend erwischen wir noch die U-Bahn zum Schlesischen Tor.

Der Typ mir gegenüber, lange Haare, schwarze Lederhose, starrt wie alle anderen vor sich hin, abwesend und müde. Am Prinzenbad steigt er aus und verschwindet in der Menge. Bedauernd verliere ich ihn aus den Augen. Plötzlich fühle ich mich furchtbar allein, als würde ich untergehen im Strom der Ein- und Aussteiger, die immer nur aneinander vorbeigleiten, ohne sich jemals wiederzusehen.

Am Maibachufer sitzt Petra zusammen mit Jürgen auf einem muffigen alten Sofa, das zwischen Straße und Fußweg auf einem Grünstreifen steht, und dreht einen Joint. Sie lässt sich durch nichts stören, nicht durch die Wannen, die hinter ihr mit Sirengeheul Richtung Görlitzer Bahnhof brausen, nicht durch die Ausflugsboote, nicht durch den Lärm der Trinker vor der Kneipe nebenan. Bernd und ich setzen uns dazu. Das Sofa hat Platz für alle. Wir versinken im Plüsch und rauchen. Petra erzählt. Sie hatte das gute Stück an Jürgen ausgeliehen. Der ist aus seiner WG geflogen und hat eine neue Wohnung gefunden. Dort ist sein Zimmer allerdings zu klein. Also wird das Sofa wieder Aufnahme finden in der Fabriketage, die Petra mit drei Kunststudenten bewohnt.

Während wir zusehen, wie am Ufer gegenüber drahtige Männer mit viel Palaver ihre Stände auf dem Türkenmarkt abbauen und Gemüsekisten auf knatternde Laster heben, werden die Schatten allmählich länger. Zwei türkische Jungen, die eben noch fröhlich ein Entenpärchen mit Brotkrümeln und Steinen bewarfen, verschwinden in der Dämmerung.

Ächzend erheben wir uns und schleppen das Sofa über endlos lange Treppen in den dritten Stock. „Und was machen wir jetzt?", frage ich.

Jürgen hat heute Putzdienst in der neuen WG. Petra bekommt gleich Besuch von ihrem Freund. So schlendern nur Bernd und ich am Landwehrkanal entlang Richtung Mehringdamm, einen Döner kauend und Bierdurst in der Kehle.

Wir finden einen freien Platz im Sommergarten des Yorkschlösschens. Als die erste Schneiderweiße vor uns steht, fragt Bernd: „Was ist mit Uwe?".

Da bricht es aus mir heraus, das ganze Elend: Dass ich mich immer in die Falschen verliebe, in die arrogant betörenden Eintagsfliegen dieser Stadt, ein Rausch für eine Nacht und das war´s, und ab und zu wische ich über meine nassen Augen und trinke einen Schluck. Auch wenn schon hundert Mal gehört, lauscht Bernd geduldig, nickt an den richtigen Stellen oder schüttelt kaum merklich den Kopf und dreht gemächlich seine Zigaretten.

Die Tische um uns herum sind alle besetzt an diesem schwülen Abend. Aus einem Auto dringt lärmender Bass. *Sisters of Mercy*. Der finstere Gesang schwillt an und verhallt im Rausch der Straße.

„Ich gehe dann mal", sage ich. Bernd nickt und bleibt sitzen. Die Straßenlampen erwachen. Beim Mehringhof biege ich rechts ab. Hastig ziehe ich an einer Zigarette, meine Schritte stocken. Autos parken auf dem Gehweg. Kinder spielen Fangen vor einem Hauseingang. Gruppen von Jugendlichen und Westdeutschen, durstig auf Kreuzberger Nächte, strömen lautstark vorbei.

Das *Basement* hat gerade aufgemacht. Ein paar Möchtegern-Punks mit grell gefärbten Haaren lungern am Eingang herum, unentschlossen, ob sie hineingehen oder lieber noch irgendwo ein Bier trinken sollen. Zwei Mädchen in kurzen schwarzen Lederröcken, höchstens vierzehn Jahre alt, gehen schnatternd an mir vorbei. Der Türsteher, ein Bierglas in der Hand, unterbricht sein Gespräch mit einem anderen Gast, begrüßt die Mädchen grinsend mit Küsschen rechts und links, und lässt sie ein. Ich fühle mich auf einmal unendlich alt und müde. Uwe, dieses …

Plötzlich zerspringt das Bierglas auf der Straße, ein lautes Klirren, der Türsteher lacht. Ich wende mich ab und gehe langsam die Straße zurück. Ein Bild taucht vor mir auf: Bernd, wie er dort im Yorkschlösschen sitzt, bunte Lichterketten huschen über sein Gesicht, Zigarette zwischen den Lippen und verständnisvolles Nicken.

Am U-Bahnausgang Mehringdamm kommt Uwe die Treppe hoch. Er hält eine kichernde Frau an der Hand und redet lebhaft auf sie ein. Er sieht mich nicht.

Bernd sitzt noch da, wie ich ihn verlassen habe. Ein halb volles Glas steht auf dem Tisch.

„Na, wie war's?", fragt er.

Ich zucke mit den Schultern, setze mich zu ihm und bestelle mir ein Bier. Dann schweigen wir und trinken und rauchen, bis allmählich die Dämmerung das Schwarz der Nacht über den Dächern ablöst und die ersten U-Bahnen wieder fahren.

Die Kolonie

Heidrun Heil

Ich bin wieder umgezogen – mittlerweile zum achten Mal in drei Jahren. Langsam werde ich müde von der vielen Umzieherei, aber was soll ich machen? Auf meine Gefühle, die meiner Schwestern und Brüder oder meiner Besitzerin Marlene nimmt man keine Rücksicht.

Als ich zu Marlene kam, waren da vor mir schon 109 Mitbewohner – Wolfgang mal nicht mitgerechnet – der mich ihr nämlich zu ihrem 45. Geburtstag schenkte. Ich erinnere mich noch genau, wie sie den großen roten Pappkarton mit Schleife obendrauf öffnete und bei meinem Anblick zu juchzen begann.

„Ach, Wolfi, der ist aber wunderschön!"

Ja, und dann bekam ich Marlenes Liebe auch schon zu spüren, indem sie mich herzhaft an ihren großen Busen drückte. Ich drohte fast zu ersticken, aber zum Glück hob sie mich schließlich an ihr Gesicht, um an mir zu schnuppern.

„Hm, er riecht noch ganz nach Geschäft, aber das wird sich bald ändern – ach, ist der süß!"

Leider habe ich am nächsten Tag den blödesten aller Namen in unserer Gruppe erhalten. Als Wolfgang abends völlig erschöpft von seinem öden Job als Zeitungsbeilagen-Sortierer nach Hause kam, wollte Marlene ihn offensichtlich aufmuntern:

„Wolfi, ich nenne ihn nach dir: Er soll Pingi heißen."
Wolfgangs Nachname lautet Pings. Er lächelte müde.

Eine Zeitlang war ich als Mitbewohner 110 die Nummer eins für Marlene, bis Schwester 111 mit dem schönen Namen Pauline zu uns stieß, wieder ein Geschenk.

Wolfgang trägt Marlene auf Händen, obwohl die beiden schon seit vielen Jahren ein Paar sind. All das mühselig verdiente Geld als Aushilfs-Postbote, Kellner, Tellerwäscher, Möbelpacker oder auch Sargträger gibt er für Marlenes Sammlung aus.

Marlene hat es mit den Beinen. Sie kann nicht ordentlich laufen wegen ihres Knies; daher sitzt sie tagein tagaus auf ihrem großen roten Sofa, das eine Knie immer schön hochgelagert, während wir um sie herum versammelt sind. Wir leisten ihr Gesellschaft, und sie knuddelt uns nach Kräften. Einen nach dem anderen nimmt sie auf den Schoß, schlingt ihre Arme ganz fest um uns und macht glucksende Geräusche wie eine Henne. Auf diese Weise fühlt sie sich nicht so einsam, wenn Wolfgang tagsüber arbeitet. Das Sofa ist übrigens das einzige Möbelstück, mit dem die beiden immer umziehen, wenn man von dem kühltruhengroßen Fernseher absieht, der vor dem Sofa steht und meistens auf Tiersendungen eingeschaltet ist. Tatsächlich sind Fernseher und Sofa die einzigen Sachen, die Marlene und Wolfgang besitzen, denn das meiste sauer verdiente Geld steckt Wolfgang in unsere Vermehrung, um Marlene glücklich zu machen. Deswegen sind wir auf möblierte Wohnungen angewiesen. Wolfgang nimmt jeden Job an, egal wo, damit die beiden über die Runden kommen.

Jeder aus unserer Schar hat einen Namen, der mit dem Buchstaben P beginnt – da ist Marlene bisher immer noch etwas Neues eingefallen: Peter, Petra, Pia, Pius, Polina, Pjotr, Puschkin, Potter, Pilawa, und so weiter und so fort. Wie sie sich alle mit Namen merken kann, finde ich bewundernswert. Besonders helle ist sie zwar nicht, aber sie hängt an jedem Einzelnen von uns, und das ist wohl das Geheimnis ihres guten Gedächtnisses.

Doch seit wir die Gruppengröße von 130 überschritten haben, lässt Marlenes Erfindungsreichtum nach. Sie beginnt wieder von vorn und setzt einfach eine Zwei hinter den Vornamen. Ich hoffe nur, dass ich „Pingi 2" nicht mehr erleben werde. Unsere Lebenszeit ist ziemlich begrenzt angesichts der heftigen Liebkosungen an ihrem Busen. Dafür hat Marlene den ganzen Tag Zeit. Sie liebt uns im buchstäblichen Sinn zu Tode: Dieses ständige Knuddeln und Abknutschen tut unserem Plüschgefieder nicht gut, und außerdem fangen wir an, unangenehm zu riechen und uns zu verformen. Aus unserer stolzen Stromlinienform mit den kräftigen Flügelflossen wird im Laufe der Zeit ein erschlaffter Körper, der an alte Socken erinnert. Wir haben dann keine Spannkraft mehr, die wir für langes Sitzen auf unserem Sofa benötigen.

Neulich musste ich mit ansehen, wie der alte Poldi nur noch tot aus der Waschmaschine geborgen werden konnte: Trotz Schonwaschgangs war er an mehreren Nähten aufgeplatzt und seine ursprüngliche schwarz-weiße Färbung in ein verwaschenes Grau übergegangen. Marlene drückte den leblosen Poldi ein letztes Mal an sich und trug ihn dann schluchzend aus der Wohnung. Immer wieder kommt es vor, dass der eine oder andere Liebling aus unserer Gruppe auf diese Art verschwindet. Wolfgang sorgt zum Glück für genügend Nachschub.

Ich glaube, ehrlich gesagt, nicht, dass wir lange in unserer neuen Wohnung bleiben werden. Meistens hat das mit Wolfgangs Jobs zu tun. „Ich weiß nicht, warum sie mir wieder gekündigt haben", mussten wir auf dem Sofa nach Feierabend schon so oft hören, dass wir uns langsam um unseren Fortbestand sorgen. Manchmal sind es auch die Vermieter, die schwierig werden. Unsere jetzige Vermieterin, die dürre Frau Wrangel, wohnt unter uns. Neulich kam sie das erste Mal nach dem Einzug an unsere Wohnungstür, um noch ein paar Fragen zu klären. Als Wolfgang sie ins Wohnzimmer führte, zuckte sie zusammen und räusperte sich lange, bevor sie sprach:

„Ach, Sie haben es sich hier aber gemütlich eingerichtet… Ja, jetzt verstehe ich auch, warum Sie Ihr Sofa brauchen – ich hätte ja ebenfalls eins gehabt, aber meines ist natürlich viel zu klein für Ihre Zwecke."

Frau Wrangels Besuch war ziemlich kurz, und weil ich sehr gute Ohren habe, hörte ich, wie sie, nachdem sie die Wohnungstür zugezogen hatte, hervorstieß: „Um Gottes Willen, das sind Messis!"

Am nächsten Abend klopfte es nochmals an der Tür, diesmal war es Herr Wrangel, der auch noch ein paar Fragen an Wolfgang hatte. Als er ins Wohnzimmer kam, begann er zu glucksen.

„Na, da haben Sie ja viel Gesellschaft. Das wimmelt hier ja wie am Südpol!"

Damit hatte er natürlich völlig recht, denn das Sofa mit uns bis hinauf zur Sofalehne aufgetürmten Pinguinen hat wirklich große Ähnlichkeit mit einem antarktischen Pinguin-Felsen. Marlene nickte stolz: „Ja, hübsch, nicht?! Ich hänge so an ihnen."

Weil ich zufällig in ihrer Nähe saß, tätschelte sie mir zärtlich den Kopf.

„Jetzt geht mir ein Licht auf… hab mich schon gewundert, warum Sie immer schwarz-weiß gekleidet sind."

Herr Wrangel kicherte.

„Na, zum Glück machen Ihre Lieblinge keine Geräusche, so dass sie den Hausfrieden nicht stören."

Es schien, als ob er uns allen, wie wir da auf dem Felsen hockten, zuzwinkern würde.

Marlene griff daraufhin zielsicher hinter sich auf die Sofalehne, um die kleine, nur handtellergroße Patsy an sich zu nehmen. Sie drückte auf ihre weiße Plüschgefieder-Brust, so dass Patsy einen ziemlich lauten, piepsenden Ton von sich gab. Tatsächlich hat Patsy die schrillste Stimme von uns allen, obwohl sie so zart wirkt – sirenengleich!

Herr Wrangel war schon im Begriff zu gehen, guckte aber nun verdutzt: „Das erzählen wir meiner Frau besser nicht. Und drücken Sie auf denen um Gottes Willen nicht so oft herum. Meine Frau ist etwas pingelig und geräuschempfindlich."

Marlene und Wolfgang nickten nur.

„Viel Spaß noch in Ihrer Pinguin-Kolonie." Und wieder kicherte der gutmütige Herr Wrangel in sich hinein.

Leider kam die weniger gutmütige Frau Wrangel schon am nächsten Abend zu uns hoch, ihr Gesicht voller roter Flecken.

„Hören Sie, wir müssen uns unterhalten. Ich will nicht lange um den heißen Brei reden."

Frau Wrangel blickte nun starr auf den Boden, der übersät war von Marlenes Kekskrümeln. Sie zog ihre rote Hakennase kraus.

„Ich hatte mal einen Gelegenheitsraucher in dieser Wohnung. Es hat Monate gedauert, bis der Geruch hier wieder raus war."

Die Nase drehte sich jetzt zuckend in alle Richtungen, einem Hühnerschnabel erstaunlich ähnlich.

„Hier riecht es schon ganz anders als vor Ihrem Einzug. Das sind wahrscheinlich die Stofftiere. Haben Sie die jemals in die Waschmaschine gesteckt? Außerdem sind das echte Staubfänger. Und Läuse, wissen Sie, die gehen auch gern auf solche Plüschtiere."

Marlenes auf dem Sofa hochgelagertes Bein begann sich leicht zu verkrampfen. Ich kannte das schon von ihr, wenn sie nervös wurde.

„Aber meine Lieblinge sind doch sauber", bemerkte sie mit leiser Stimme.

„Aber es riecht hier schon muffig, merken Sie das denn gar nicht?"

Frau Wrangel stemmte die Hände in die knochigen Hüften, während sie breitbeinig vor Wolfgang und Marlene stand. Wolfgang hatte ein paar meiner Schwestern und Brüder beiseite geschaufelt und aus Versehen auf den Boden plumpsen lassen, damit auch er auf dem Sofa Platz nehmen konnte.

Frau Wrangel boten sie keinen Sitzplatz an. Die beiden sahen sich stumm an, ihre Hände im Schoß gefaltet. Ich konnte ein leichtes Beben unseres Sofa-Felsens spüren. Meine Schwestern und Brüder zitterten mit mir mit. Ich blickte zu Marlene hoch und las in ihrem traurigen Gesicht den Kummer darüber, dass niemand sie verstand – mit Ausnahme vielleicht von Herrn Wrangel.

„Ich dulde das nicht. Sie müssen das ändern, sonst werde ich Ihnen die Wohnung kündigen müssen, verstehen Sie? Ich kann mir nicht erlauben, dass Sie die Wohnung verwohnen!"

Frau Wrangels Stimme hatte den schrillen Patsy-Piepston angenommen.

Über Marlenes Wangen rollten dicke Tränen, so dass Wolfgang ihre Hand in seine nahm.

„Na, ist ja gut, Marlenchen, Frau Wrangel hat es sicher nicht so gemeint."

„Doch, genau so habe ich das gemeint, Herr Pings! Wenn Sie dieses Chaos hier nicht beseitigen, kündige ich Ihnen schnellstmöglich."

Frau Wrangels Beine standen jetzt so weit auseinander und ihre Arme waren wild entschlossen in die Hüften gestemmt, dass ich fürchtete, sie würde gleich auf uns losgehen und uns kaputt hacken.

Stattdessen machte sie auf dem Absatz kehrt und stolperte dabei unglücklicherweise über den armen Pjotr, der noch auf dem Teppich neben dem Sofa lag. Die Wrangel ging wie ein Brett zu Boden und fluchte „Scheiß Pinguine!". Wolfgang eilte ihr zu Hilfe, doch sie schlug seine angebotene Hand aus und rappelte sich stöhnend wieder auf. An ihrer Nase klebten ein paar Kekskrümel.

Jetzt war Marlene die reinste Heulboje. „Ach, Wolfi, was haben wir getan?", schluchzte sie.

Es ist wieder das eingetroffen, womit ich gerechnet habe: Ich befinde mich zusammen mit meinen Schwestern und Brüdern in dreizehn riesigen Plastiksäcken. Wir ringen schon nach Atemluft, bevor der Umzug erst richtig begonnen hat. Vor drei Tagen kam Frau Wrangel aus dem Krankenhaus und duldete keinen Aufschub mehr. Dumpf hören wir Marlenes endloses Jammern und Weinen, während wir auf den Abtransport warten. Immerhin wird uns jetzt eine kleine Pause von ihren Liebkosungen zuteil.

Da ich ganz unten liege, spüre ich, dass sich das Plastik gewaltig spannt. Oh, heiliger Gott aller Pinguine, lass den Sack nicht reißen! Doch in dem Moment, als jemand uns aufhebt, stelle ich fest, dass der dicke Peter ganz oben im Sack mit seinem Gewicht die Naht sprengt, ausgerechnet dort, wo ich mich befinde. Plötzlich liege ich mit dem Kopf zur Erde im Gras. Ich bin so verdutzt und warte, dass die anderen auch bald neben mir landen, aber nichts passiert. Der Sack verschwindet aus meinem Gesichtsfeld. Mir wird ganz flau im Magen. Ich höre den Motor des Transporters anspringen, und dann ist alles still, bis auf einmal Frau Wrangels Stimme ertönt.

„Gott sei Dank sind wir die wieder los!"

Frau Wrangel klingt nicht mehr nach schriller Patsy-Piepsstimme.

Ich höre Schritte näher kommen. Ich werde hochgehoben, umgedreht und blicke in ihr erstauntes Gesicht.

„Ach, sieh mal einer an, da ist ja noch ein Exemplar der Brut. Gar nicht mal hässlich – den behalte ich als Erinnerung an diese schrecklichen Leute", gackert sie.

Nachdem ich mir im Woll-Waschgang ohne Schleudern nicht das Genick gebrochen habe und zum Trocknen auf der Wohnzimmerheizung aufgestellt bin, höre ich, wie Marlene anruft und sich erkundigt, ob nicht irgendwo noch ein letzter Pinguin in der alten Wohnung aufgetaucht sei. Als Frau Wrangel verneint, will ich sterben. Vielleicht krepiere ich an Austrocknung auf der Heizung.

Aber das Schicksal hält etwas anderes für mich bereit: Alle paar Tage kommt nun Victoria, die kleine Enkelin der Wrangels, zu Besuch. An mir scheint sie einen Narren gefressen zu haben. Sie ist ein recht ungestümes Kind mit Marlene-Qualitäten. Ich glaube nicht, dass ich bei ihr älter werde als in der Kolonie. Leider habe ich meinen dummen Namen auch behalten, denn als Marlene mich am Telefon erwähnte, übernahm ihn Frau Wrangel einfach: Nach Gesprächsende hob sie mich auf ihren Schoß und boxte in meine Brust, dass mir die Luft wegblieb: „Na, Pingi, hier bist du in der Strafkolonie gelandet."

Ihre flache Hühnerbrust schüttelte sich vor Lachen.

Mallorca

Beate Quester-Brüning

Hallo, mein Name ist Mallorca. Der Schriftzug und die lachende Sonne auf meinem Bauch sind schon verblasst, aber trotz dieses Schönheitsmakels kann ich stolz behaupten, der Lieblingskaffeebecher meiner Besitzerin zu sein, einer netten alten Dame namens Evi. Was kann ein einfaches Geschirr wie ich mehr erreichen, als täglich aus dem Schrank genommen und mit wunderbar duftendem Kaffee und einem Schuss Milch gefüllt zu werden? Sobald ihre Lippen meinen Rand berühren, fühle ich mich jedes Mal gestreichelt und wohlig geschmeichelt.

„Ach, Mallorca", seufzt sie, wenn wir zusammen am Küchentisch sitzen und sie mit traurigem Blick ein schwarzgerahmtes Foto betrachtet. Es zeigt sie an einem Strand stehend im Arm ihres verstorbenen Mannes. Auf dem Bild tragen die beiden Badebekleidung und schauen sorglos lächelnd in die Kamera.

Manchmal kullert ihr dann eine Träne die Backen hinunter, und manchmal hält sie mich dann ganz fest. Ich schmiege mein warmes Porzellan an ihre Hände und wedle ihr den aromatischen Duft des Kaffees zu, um sie zu trösten. Ich bin froh, dass ich Evi gehöre, und sie scheint auch froh zu sein, mich zu besitzen. Sie achtet darauf, dass ich keinen Sprung bekomme und sorgt für meine Sauberkeit. Ich wiederum bemühe mich, ihr ein freundschaftlicher Begleiter in allen Lebenslagen zu sein – sei es beim Frühstück nach einer von Rückenschmerzen geplagten Nacht, sei es beim Erholungskaffee nach dem morgendlichen Einkaufsrundgang oder bei den gemütlichen Fernsehstunden am Nachmittag.

In den letzten Jahren ist es um uns herum ruhiger geworden. Ein Mal die Woche erscheint Evis Sohn Johannes und prüft mit kritisch gerunzelter Stirn den Zustand meiner Besitzerin und der Wohnung. Seine Tochter Lotte kam früher oft vorbei, um mit Evi Rommé zu spielen. Mit der Zeit ließ sie sich immer seltener blicken. Sie befindet sich gerade in einem Alter, das bei den Menschen Pubertät genannt wird und – wie ich aus einer Fernsehsendung erfuhr – sehr problematisch sein soll. Meist erkundigt sich Lotte nur kurz, wie es Evi geht und beantwortet wortkarg Fragen nach der Schule und ihren Freundinnen. Hastig trinkt sie dann ihren Orangensaft aus und verabschiedet sich, wobei sie Evi auffordernd anschaut – was gar nicht notwendig wäre, da meine Besitzerin ihr ohnehin bei jedem Besuch einen Geldschein in die Hand drückt. Ein flüchtiger Abschiedskuss, und schon springt das Mädchen aus der Tür und poltert die Treppe hinunter, während ihr Evi im Flur hinterherschaut, bis die Eingangstür ins Schloss fällt.

Auch bei Evis Geburtstag-Kaffeekränzchen nimmt die Zahl der anwesenden Damen Jahr für Jahr ab. Diesmal kamen nur noch vier Tassen und Teller der Rosenthal-Clique zum Einsatz – eine im Übrigen ziemlich arrogante, goldrandige Meute, die hochnäsig vor uns Küchengeschirr die Nase rümpft. Die Rosenthaler bilden sich viel darauf ein, in der Glasvitrine im Wohnzimmer zu wohnen und mit der Hand gereinigt anstatt, wie wir anderen, in der Geschirr-Gemeinschaftsdusche gespült zu werden.

Während die Geburtstagsgäste Kaffee und Kuchen genossen und über alte Zeiten und verstorbene Bekannte plauderten, stand ich missmutig und schmutzig in der Spüle, in der mich Evi nach einem hastigen Mittagskaffee abgestellt hatte. Sie war mit den Vorbereitungen der Geburtstagsfeier in Verzug geraten und hatte entgegen aller Gewohnheit vergessen, mich in die Geschirrdusche zu stellen. Als die Gäste aufbrachen, wurde es draußen schon dunkel. Aufgeregt zischelnd beglückwünschten sich zwei der Rosenthal-Tassen, die Evi zu mir in die Spüle gestellt hatte, für die Komplimente, die sie von den Damen erhalten hatten und bewunderten sich gegenseitig. Evi betrat die Küche und holte ein Tablett. Sie sah sehr blass aus. Nachdem sie, mit den restlichen Goldrandzicken beladen, wieder aus dem Wohnzimmer kam, stellte sie schwer atmend das Geschirr auf dem Küchentisch ab, setzte sich auf einen Stuhl und starrte eine Weile vor sich hin. Empörung breitete sich unter der Rosenthal-Clique aus.

„Was soll das jetzt? Sie muss uns doch abwaschen!"

„Ich möchte auf der Stelle von diesen klebrigen Schokokrümeln befreit werden!"

„Der Service wird immer schlechter, keine Minute halte ich das noch mit diesen Lippenstiftabdrücken aus."

„Seid still!", fuhr ich die arroganten Rosenthaler an, und beobachtete besorgt unsere Besitzerin. Ein beleidigtes Tassenschweigen setzte ein. Evi erhob sich mühsam und trat an die Spüle. Als sie mich erblickte, murmelte sie: „Vielleicht geht es mir ja nach einem Schluck Kaffee besser."

Sie goss den Rest aus der Rosenthaler Kaffeekanne in meinen Bauch, ohne mich vorher abzuspülen. Das beunruhigte mich, und ihre zitternden Hände machten mir Sorgen. Auch, wenn ich nicht viel übrig hatte für die Rosenthaler, fürchtete ich um die zierliche Porzellankanne und atmete auf, als Evi sie wieder abstellte.

Ich musste an meinen alten Becherfreund Borkum denken, der vor ein paar Jahren sein Leben ließ. Damals hatte Evi, wie jeden Vormittag um elf, ihrem Mann einen Kaffee ins Arbeitszimmer bringen wollen, nachdem sie sich ihren üblichen Becher nach dem Einkaufen gegönnt hatte. Auf einmal war ein Schrei erklungen, gefolgt von Klirren, schluchzenden Telefonaten, bald darauf ein Rumpeln im Flur, bis schließlich Evis Sohn in die Küche gekommen war und Borkums Scherben in den Mülleimer geworfen hatte. Die nächsten Wochen hatten wir beide zusammen getrauert, Evi um ihren Mann und ich um Borkum.

Die Rosenthal-Kanne hatte Evi wieder abgestellt. Sie befand sich in Sicherheit. Aber schon näherte sich mir die runzlige Hand meiner Besitzerin, griff unsicher in den Henkel und hob mich an. Der Kaffee in mir bebte. Ich bibberte und schlotterte, während Evi sich langsam umdrehte, an der Spüle abstützte und dem Küchenstuhl zuwandte, der nur wenige Schritte entfernt stand. Sie löste sich von der Spüle, setzte den einen Fuß vor den anderen – und dann fiel sie und ich fiel mit. Der Fliesenboden raste auf mich zu, in mir zerbarst es, und alles wurde schwarz.

Als ich wieder erwachte, sah ich in Lottes Augen. Mein Porzellan schmerzte. Überall spürte ich Risse und Wunden, und ich fühlte mich irgendwie nicht ganz. Etwas Klebriges fuhr in mich hinein und an mir entlang. Lotte hielt eine Scherbe in der Hand, und erst beim zweiten Hinsehen erkannte ich voll Schreck, dass es ein Teil meines oberen Becherrandes war. Sie presste die Scherbe auf mich. Es tat fürchterlich weh. Dann nickte sie zufrieden und trug mich ins Wohnzimmer, wo Evi, in eine Decke gehüllt, auf dem Sofa saß.

„So, Oma, dein Becher ist wieder ganz. Sieht fast aus wie neu. Jetzt können wir Rommé spielen."

Evi nahm mich entgegen, strich liebevoll über meinen Bauch und seufzte: „Ach, Mallorca!"

AutorenInnenviten

Von links: Christiane Wachsmann, Helmut Gotschy, Heidrun Heil, Beate Quester-Brüning. *Foto: Ulrich Dahm-Wachsmann*

Helmut Gotschy

Meine Wiege stand in Neu-Ulm, wo ich 1953 zur Welt kam und zur Schule ging. Nach zwei erfolgreich abgebrochenen Studiengängen habe ich mich dem Handwerk zugewandt und begonnen, Musikinstrumente zu bauen, die auf allen fünf Kontinenten gespielt werden. Die im Jahr 2000 im *Verlag der Spielleute* erschienene Dokumentation *Bau einer Drehleier* war mein erstes Buch. Im Jahre 2007 hatte ich eine Begegnung mit einem Film- und Fernsehregisseur, der mir den Weg zum literarischen Schreiben wies.

Nach einem dreijährigen Stipendium bei *INKAS*, einem Institut für kreatives Schreiben, folgten zwei autobiografisch angelegte Romane und ein Kurzgeschichten-band. Wegen gesundheitlicher Probleme habe ich 2010 meine Drehleierbauwerkstatt verkauft und mit dem hauptberuflichen Schreiben begonnen. 2017 ist mein ers-ter Kriminalroman um Kommissar Bitterle im Emons-Verlag erschienen, dem inzwischen zwei weitere folgten. Ein Ende ist noch lange nicht in Sicht.

Heidrun Heil

Geboren (1966) und aufgewachsen bin ich auf der Nord-seeinsel Föhr. Nach einer Ausbildung zur Europa-Sekre-tärin, Magisterstudium (Anglistik, Kunstgeschichte, Per-sonalwirtschaft) und Erfahrungen in unterschiedlichen Firmen in Norddeutschland hat es meine Familie und mich 2003 nach Ulm verschlagen. Seit 2006 arbeite ich als Kulturvermittlerin in verschiedenen Museen. Ulm ist mittlerweile meine Wahlheimat geworden. In einem von Christiane Wachsmann angebotenen vh-Kurs in Kreati-vem Schreiben fing ich 2008 Feuer. Seitdem schreibe ich mit Begeisterung Kurzgeschichten.

Beate Quester-Brüning

Frühkindlich inspirierte mich in den 60er Jahren die indu-striegeprägte Großstadt Mannheim. Dort, wo Rhein und Neckar zusammenfließen, flossen auch die ersten Worte zu Geschichten zusammen, die für gute Deutschnoten und Heiterkeit in der Familie sorgten. Neue Anregungen erhielt meine schriftstellerische Tätigkeit durch den Um-zug nach Berlin, wo meine Beiträge in Studentenzeit-schriften und auf zu Demos aufrufenden Flugblatttexte

Beachtung fanden. Das Studium von Psychologie, Informatik und Geschichte führte zur Bildung eines fundiert beflügelnden Fakten-Pools. Nach der Geburt unserer Kinder zogen mein Mann und ich nach Ulm, wo ich seitdem als Informatikerin arbeite. Der Wechsel in den schwäbischen Kulturkreis brachte Einblick in bis dahin unbekannte Lebenswelten, die sich ergiebig literarisch verarbeiten ließen. Um mit Gleichgesinnten das Autorenhandwerk zu vertiefen, besuchte ich Schreibkurse im In- und Ausland. Unzählige Kurzgeschichten entstanden und entstehen immer noch, zwei Wettbewerbserfolge spornten die Schreiblust weiter an, und zwei Romane harren der Veröffentlichung. Mit Freude und Phantasie wird hoffentlich noch manches, was mir im Kopf herumschwirrt, seinen Platz auf Papier finden.

Christiane Wachsmann

1960 in Kassel geboren, bin ich seit meinem siebten Lebensjahr in Bielefeld aufgewachsen. Nach dem Abitur 1978 machte ich eine Tischlerlehre und studierte dann in Stuttgart an der *Staatlichen Akademie der bildenden Künste* Architektur und Design. Gleichzeitig begann ich, für die Tageszeitung *Stuttgarter Nachrichten* zu schreiben, wo ich nach dem Ende des Studiums ein Zeitungsvolontariat absolvierte.

1989 ging ich nach Ulm, wo ich den Aufbau des Archivs der Hochschule für Gestaltung Ulm (HfG) übernahm, einem Museum für diese bedeutende Designhochschule. Mit einer familienbedingten Unterbrechung von zehn Jahren arbeite bis heute im HfG-Archiv, gestalte

Ausstellungen und Publikationen und beschäftige mich mit der Geschichte der Industrialisierung. Anfang der 1990er Jahre gründete ich an der Ulmer Volkshochschule eine Schreibwerkstatt, die ich zwanzig Jahre lang leitete.

Ich habe das Schreiben als Ausdrucksform erst relativ spät für mich entdeckt, zum Ende meines Studiums. Danach hat es mich nie mehr losgelassen. Ich habe mich in jeglicher Form damit beschäftigt: Als Journalistin, Büchermacherin, Autorin, Schreiblehrerin, Lektorin – und natürlich auch als Mitglied dieser Gruppe, aus der heraus dieses Buch entstand.